the Sign,

等我，在馬里蘭

徐亦江——著

推薦序之一　只為與你相遇

張曉芳／《蘋果日報》前編務副總編輯

我那麼遠趕來，就想讚美你無處安放的沮喪

詩人余秀華這首詩，像煞丹尼爾在姜妍耳邊的囈語。姜妍／丹尼爾、東方／西方兩條平行線，各自有婚姻家庭子女，在古玩店相遇，同時注視著一塊清咸豐「敬姜貽風」匾額，瞬間把關於匾額、嫁箱、木板畫、古董白對椅……所有塵封的記憶一一掀開，牽起不可思議的情緣。

這段深戀有現實生活的困頓，跋山涉水，但冥冥中始終有股力量牽引著彼此，兩人抗拒排山倒海壓力攜手偕老，其實就是想找個心貼著心的另一伴，過著尋常安穩的小日子。最後在馬里蘭州小鎮的老宅裡安頓落腳，令人驚奇的是，老房子剛好跟匾額同年代，這不是命中註定，什麼才是命中註定？

但這不僅是單純動人的愛情故事，也是兩人拋開生活桎梏，勇敢追求自我的詩篇，對照兩百年前清末女子巧顏欲迎還拒，壓抑欲望死守匾額的遺憾，姜妍代替巧顏跨越東方西方藩籬讓印記復活，這一次是為自己，而不是高舉家族榮光、貞節虛名，重新做了抉擇。

作者多年來筆耕不輟，擅長以景喻情，以情寫景，穿越古今不顯山水，最令人拍案叫絕的是，過去婚姻的沮喪，以車裡車外三次勾勒一氣呵成，宛如錢鍾書「圍城」巧喻……

兩人交往，志傑約會遲到，騎著機車追公車，像齣鬧劇！在全車人的注視下姜妍被半強迫下車，埋下伏筆。

兩人冷戰，志傑路邊接走女兒，沒等姜妍上車咻地開走，**「原來，想下山不一定有台階給妳下。」**

兩人離異，讓姜妍終於懂了**「下就下吧，每個人上了車後，終歸要下的，也許，早就該下了，或者，根本就是搭錯車了也說不定。」**

丹尼爾自異鄉趕來的情緣，也正好在姜妍下車後展開……

兩人相遇，因為姜妍不會開車而開始。

兩人惦念，進而想為姜妍完成一個學會開車的夢想。**「我只是著急地看著妳車內的背影，怎麼還不出來呢？然後妳下車，很快地看我一眼，又低下頭，那樣深受欺負的眼神，讓我心裡一陣陣地痛起來。」**

兩人擁抱，在考上駕照後。**「她一下車，就看見櫻花樹下的丹尼爾張開雙臂，給了她一個擁抱！粉色花瓣隨風飄落。」**

的確，上車下車、車裡車外，男女間姻緣分合無關對錯，重要在行駛對的方向，才能攜手前行。黃昏裡的花香會淡去，但是請別憂傷，請相信會有人從遠處趕來，**「讚美妳無處安放的沮喪」**。

希望這本書，能帶給每個車裡車外的人，一點小小的觸動。

推薦序之二　跌入小說的情境裡

小城綾子／府城・南瀛，吳濁流文學獎得主

夏日午後，斜陽西照，窗外蒜香藤優雅伸展的枝葉映在百葉窗上，風吹葉動，光影迷人。

這樣的一個尋常午後，我在窗前小桌細細品讀長篇小說《The Sign，等我，在馬里蘭》，腦海不禁浮現亦江纖細嬌小的身影和淡淡地、微微害羞的笑容。

認識她，始於多年前部落格全盛時期。

那時大約是二〇〇六年吧？我們在浩瀚的網海遇見了彼此。

她在美國，我在台灣。

她分享馬里蘭州的異國生活，我則以圖文書寫我所在的南方小鎮。

很巧地，我們也寫小說。

因著這些共同點，也因著亦江生動精彩的好文筆，我得空總是喜歡鑽進她的格子津津有味地閱讀她的每篇文章，久久忘了「回家」。

我是相信緣分的。在當年如雨後春筍不斷冒出的眾多格子中，兩個分屬不同部落格平台的我們，因被彼此的文章吸引而有了互動。儘管從未見過面，這條文學牽起的情緣卻未曾斷線，一晃悠悠十一年。

所以得知這部長篇小說——《The Sign，等我，在馬里蘭》即將出版時，昔時那些美好的記憶又回來了。

故事由一段前世未了的情緣揭開序幕。

古董店的一塊匾額，穿越清朝來到現代、從中國飄洋過海來到美國，串起了書中主角姜妍和丹尼爾的前世今生。

小說主軸巧妙地安排了古典與現代、中國與美國。在時空的轉換中，自然流暢絲毫不顯突兀的技法毋寧是讓人讚嘆的。

此外，作者寫情寫景的文字功力也甚是了得，如

> 姜妍扶著路邊的木椅，坐下。黃昏攫上她的衣角，染開晚春的夜色。
>
> 牆上青綠山水的長軸揉進灰黑，成了丹尼爾的眼神，灰綠中夾著橘黃霞彩，像黃昏湖面上的清朦……

小說的文句，不經意間便沾滿了詩的氣味。
又如寫姜妍在婚姻門裡門外擺盪的心情：

四周是一片無人的草原，幾隻黑色的牛在低頭吃草，一捆捆捲成滾桶形的乾草，零落地散著，這地方也許從來沒變過，不變的景色總是令人心安，只是現在，她想改變嗎？抽離現在的狀態，投到另一個未知的世界，好嗎？

吵鬧的婚姻之所以還能持續，是因為習慣。習慣於不變的生活、不變的人，即使爭吵，也比未知讓人心安。

短短幾句，如實道出即使愛已成往事，許多夫妻卻仍維持著婚姻關係的癥結。
小說中也寫出書中主角婚姻無法繼續走下去的痛與無奈：

有時候，人與人間，需要一個朦朧的地帶做屏障，掀開了，雙方都無所適從。

「下車！」志傑大吼！大女兒哭著說：「不要吵了！你們不要吵了！」姜妍忍住氣，下就下吧，每個人上了車後，終歸要下的，也許，早就該下了，或者，根本就是搭錯車了也說不定。」

十二年的情份，就這樣，在短短的兩個星期內裝箱完畢。感情沒了，分割起身外之物，像是分贓一樣。

婚姻走到這一步，淡靜陳述中隱含的無奈不禁教人深深嘆息了。

再如寫姜妍與丹尼爾的前世——巧顏和查爾斯：

天井處有下人正在清掃庭院，竹帚聲在靜謐的午後掃著規律的音律，巧顏兩手支額，好似聽著聽著，就可以到那個夢境去了。

巧顏沒回答，送查爾斯進前廳，關上門，從窗口看見查爾斯在天井處回頭，帶著滿滿的笑，走了，走進塵埃裡……窗台已濕。

許我們來生再聚吧！我愛你且深，願上蒼再贈與我們一次機緣，我再不要失去你了！

前世，舊禮教阻卻了巧顏追尋愛情的腳步，即便獲頒那塊對巧顏來說毫無意義的貞節牌坊，卻是伊人已遠，紅顏已老。

今生，當愛已成往事，姜妍該選擇放手？或顧忌世俗眼光，摀著愛情的傷口繼續走下去？

這諸多世間情事，感情糾葛，且待讀者進入書中慢慢咀嚼、回味。

讀亦江的小說，不論是文字或情節，總教人讀著讀著，便跌入了小說中的情境裡，隨之笑與嘆，惆悵與歡喜……

推薦序之三　穿越時光縫隙的古老愛情

江夜生／影視編劇

一顆星子隕落後，孤單的宇宙，並不在意那黑暗永恆的小小缺憾；一片秋葉翻墜後，孤佇的喬木，也不明瞭那枯黃脈絡的小小寂寞。萬物之間的萬有引力，人與人之間的情感生滅，若無親身經歷，恐怕無法體會冥冥之中的來情去意。但即便我們嚐遍冷暖滄桑，看盡月圓月缺，恐怕也無法分辨那飄渺緣分裡，暗自芬芳的情愫醍醐。

我與亦江以文會友相識頗早，初閱此部小說時，望見一段中年之戀的楔子，刻畫在一個「敬姜貽風」的匾額上。只是那匾額已不是匾額，而是一張古色古香的仿古木桌。

我們常常聽到類似的故事：有人經歷過幾次戀愛後，結婚生子、成家立業，此時此刻忽然發覺，自己的生活似乎在哪個環節上出了差池？大多數的人或許就這麼過了一生；少數幸運的人，往往在驀然回首的分秒時刻，才能找到此生真正的靈魂伴侶。

然而那都是錯覺。

面對愛情，我沒有複雜的念頭，總是這麼想的，「一生都能把對方當作對的人而付出的努力，就是愛。」小說的女主角姜妍就是這樣的女性。她付出愛，付出青春，遠渡重洋，在異鄉建立家庭，只為了編織一場中國傳統女性終身追求的夢，一個小確幸的夢。可惜最終回報她的，只剩婚變，還有丈夫志傑的變心。姜妍並沒有發現，她對志傑的愛，有個注定悲劇的泡沫。

那麼，姜妍不幸嗎？

或許絕大多數人，會認為姜妍是不幸的。但從我個人的角度來看，這世界沒有真正的好與壞，有幸福就會有煩惱，有悲傷就會有快樂，除非我們甚麼都不要，才有可能擺脫二元對立的糾纏。所以我認為，姜妍的不幸，才是走向真實幸福的必經旅程。

小說裡，總是不經意的出現魔幻寫實的時空錯置，中西畫面元素的跳接，總讓人有今夕是何夕的感覺。這種感覺無以名狀，千言萬語，不知從何說起。兩個歷經紅塵顛簸的男女，終於相見了，那份恍如隔世、久別重逢的情緣，在人情澆薄的現代社會裡，越發顯得珍貴無比。

我是這麼以為的，要有很深很深的緣分，才會將同一條路走了又走，同一個地方去了又去，同一個人見了又見。丹尼爾與姜妍的前世今生，藉由這個流落他鄉的清代匾額，最終還是連接了起來。人與人的相逢與離別，並非是無意義的隨機碰撞，如果沒有深刻的緣分吸引，是不能橫越現實世界的諸多阻礙。

透過這部作品，我更深一層的認識了亦江，彷彿也看見了她的前世今生，特別是姜妍與丹尼爾相遇後，我的腦海裡總是浮現林憶蓮的歌聲：「等你說你愛我，好讓這些日子，沒白白寂寞過」。

兩個孤單的靈魂，劫波度盡，情緣猶在。雖然現實世界的某人離開了，可我深深地相信著，真正有情的人，手裡總是握著一條纏綿的線索，彼此牽引，永不分離，所謂「情之深，無窮盡，山水有相逢。愛之切，銀難斷，明月時時圓。」或許就是這個道理吧。

正如小說裡的姜妍與丹尼爾，無論變換了多少次時空，更迭了多少次容顏，依舊是山水有相逢，明月時時圓。

I love you very much.

Whenever I do go,

I will remember the time with you as the best time.

Most people go through their whole life

and never meet the right person.

I had good luck.

I love you very much.

卷一

1

Flower Vendor，不大的店面，紮著幾束花在臨窗的架上；店外停了輛小推車，種著各色玫瑰；中間有個玩具鞦韆，上面坐著一對可愛的小熊。隔壁是家藝品店，有個希臘藝術女神的店名Muse，再過去是家義大利餐廳di Francesco。

這個小鎮前後出了幾個名人，比如寫美國國歌歌詞的律師兼詩人史考基，以及內戰時在自家樓上窗口，揮舞星條旗支持南北統一的女英雄佛瑞琪，老宅牆上還畫著她當年揮旗的樣子。鎮上充滿了跟戰爭有關的故事，姜妍在一排有白柱前廊，前面擺著一隻黑狗雕像的白房子前停下，旁邊一個說明的牌子寫著：

「這隻鐵鑄的狗叫『猜』，主人太愛牠了，依牠的樣子做的。南北戰爭時被南方偷了，打算做子彈用，可是太重了，運不了多遠又被送回來。」

雕像後的玻璃門上映著姜妍的身影，細細瘦瘦，及肩的直髮，單薄獨行在這樣一個幽靜的北美街頭，這其實是她少女時期的夢想，只是，現在心情乾乾澀澀，彷彿哪裡不對勁似地。

她在美國一晃十年，稱得上朋友的外國人幾乎是零，其實，真正跟老外講過的英文，居然沒有從前上班時多！那些金髮碧眼、高她一個頭的美國人，對她來說都像是從電影裡跑出來的人物，壓根給人洋娃娃的不真實感。

市中心除了異國餐廳，還有許多古董店，姜妍被一家外觀像倉庫一樣不起眼的古董店吸引，店門口擺著一個白色有綠色虎爪的浴缸。店內沒有天花板，只看到粗大的樑柱，左右穿插撐著屋簷。圓柱形的燈飾，從樑柱上垂掛下來，襯著自挑高的長窗照進來的陽光，氤氳著團團熱氣，混夾著木頭的陳味，好像走入時光隧道似地。

一進門，就看到角落有個極大的四層黑木桶，上面的提把是墨黑鑄鐵，刻著左右交叉的方格紋，是什麼呢？很像是中國的東西？

姜妍彎下腰看著標籤，喔，「Dowry chest」！原來是古時候用來放嫁妝的，哇！四層三呎見方的黑木櫃，像拜拜用的超大型提籃，可以一層層拿起來展示嫁奩。

真是從中國來的呢！嫁箱上方，有古時的木頭床框，被用來當牆上的裝飾……美麗的事物讓人微笑，姜妍原本抑鬱的心情漸漸好轉。也許，以後應該要常這樣出來走走，轉換一下心境。

再往下走，換成了首飾區，好多精美飾品在玻璃櫃內階梯似的展示架層層往上移動，有個戒指……好大的戒面啊！通常，因為自己身量不高的關係，姜妍只喜歡小巧的首飾，可是這個戒指很特別，好像在哪裡見過？她低頭想著，沒有頭緒，甩甩頭，只好離開。

接下來是歐洲式樣的家具，有對白色的椅子，旁邊的說明是一八四〇年，法國製的，椅背很特別，邊角刻著朝不同方向的斜紋，讓兩把椅子左右呼應，木頭漆的是灰白色，黯淡中夾著泛黑的刻痕，也許？是陳舊指痕吧！現在許多仿古的家具，反倒故意漆上這種古董白，歲月漂過的白。

要給自己買個生日禮物嗎？買什麼呢？姜妍忍不住往回走。遠遠地，她又看見那枚戒指了，台幣五元硬幣大小的戒面上，用黃銅格出四個花瓣的形狀，花心內有四朵更小的花，兩朵紅心黃花，兩朵橘心藍紫兩色的花，旁邊間隙內嵌著兩片黃綠色的葉子。大花瓣上是白色葉紋和雲紋，分別嵌上對稱式的綠邊和粉紅邊，花瓣間又填入黑、白、黃、橘的三角圖案……顏色雖多，但互補色的運用反覺得平和。

標籤上寫著美金二十五元，大概台幣八百元吧，不貴，反倒便宜地像是要送人。她找來老闆付錢，戒指嵌進白色絨盒，放上姜妍的手心，她輕輕打開，淡淡的微潮冷香倏忽襲人。

戒環其實不大，剛好戴上無名指，美國人怎麼有這麼小的手呢？她舉起左手，挪前挪後地看著……突然！一陣暈眩……

※

小屋長年漆黑，唯有早晨時，一點點的晨曦會自棉紙窗櫺間透進來，映在偌大的梳妝鏡上，巧顏偏著頭用烏黑木梳梳著長長綢緞似的髮。查爾斯從右後方走來，撥開巧顏左邊的長髮，吻她，尖挺的鼻尖觸著她臉頰，涼涼的，她低頭，查爾斯捧起她的臉，暖暖的手順著她耳際下滑，指尖過處，驚得她陣陣顫動，巧顏可以輕易地聞到男人特有的氣味，一種不同於女人的厚重、讓人渴求的味道。

正午時分，陽光偏斜，照上房裡一層紅一層黑，總共七層的紅漆木桌，和桌上涼了的茉莉香片。之後，下午殘存的落日餘暉，會輕輕爬上角落裡的大青瓷瓶。晚上的月光是倒回來走的，先走上花瓶、再上去紅漆桌、最後映在暗涼的鏡子裡。一天天、一年年，長年不變，只是讓鏡裡的美麗少女換成了盤著斑白髮髻的老夫人。髮髻上多了根長長的，綴著藍色掐絲琺瑯的菱形銀簪，月光照上銀簪，點亮了老夫人的眼，和臉上其他長長短短的紋路。她最愛晚上坐到鏡前，為著她可以見著他，可以感覺到他吻她時，頰上溫熱又濕涼的觸動，和他吐出的濃重鼻息……

老太太閉起眼，她累了，終於沉沉睡去。

※

姜妍再睜開眼時，發現自己竟坐在古董白的法國椅子上！剛剛？剛才那個梳妝鏡前的古代女子是誰呢？她看著手上方才戴上去的馬賽克戒……想想，又褪下收回戒盒。

鄰近窗邊有個約莫七呎的長木桌，漆黑底色剝艦地坑坑洞洞，露出沒做過處理的原木，經年累月，成了烏黑硬木，中間有四個紅漆大字──「敬姜貽風」，中文字哪！每個楷書字體約一呎見方，隱約可見曾有的金色輪廓，在這個美國小鎮，突然看見親切的母語，很難不覺得感動……。

「敬something something風？」

她好奇地轉頭，是個會說中文的老外！淺褐色的髮、瘦長臉、鼻子尖得恰到好處，挺有書卷氣，看不出年紀。「你會說中文啊？」

「一點點，妳好，我叫丹尼爾。」口音有著孩子學說話的稚氣。

「說得不錯啊！我叫姜妍。」

「江？江澤民的江嗎？」

「你知道江澤民啊？很厲害喔！不是那個江，是另一個比較少見的字，就是上面這個字。」姜妍指著黑木上的「姜」。

「喔？我知道的中文字一點點！桌子好多字是什麼？」姜妍抿嘴，老外說中文的口音，很容易給人好感。

老闆走來：「這個要賣五百七十五元，妳看得懂上面的字嗎？說說看是什麼意思吧！」

丹尼爾也在等她，姜妍這次注意到他嘴上的鬍子，她通常不太喜歡男人留鬍子，覺得老氣，可是在丹尼爾臉上，好像還好。

「嗯，這是中國的吉祥話，送人用的，都是很古代的用法，我猜大概是……祝壽，或是表揚一個老太太的美德吧！」姜妍費力地找適當的英文來解釋，一邊看著這個不像桌面的板子，也許是匾額吧！看起來年代久遠，怎麼漂洋過海，來到這裡的呢？像個孤兒似地。

「賣給我的人告訴我，是掛在廟裡的『sign』，我把它拿來架在燒煤的小桌子上，可以拿來當餐桌用。」

所以，真是個『匾額』哪！姜妍蹲下來看匾額背面，看不到其他字樣。那桌腳？就是老闆說的燒煤小桌嗎？也不太像桌子，方方正正，倒是挺別緻的。

「怎麼燒啊？」姜妍側身，輕聲問丹尼爾。

丹尼爾低下頭：「就是上面放煤炭燒，妳看那邊還有一個，以前我在西班牙唸書的時候，學生公寓裡就有一個，拿來當暖爐用，當時覺得破破爛爛的，現在可是古董了！」話裡輕快的語氣有種熟悉的旋律，姜妍抬頭注視丹尼爾頰上的酒窩，他現在索性全用英文了！小桌上是個圓形金屬凹槽，像百貨公司門前的大煙灰缸。

這個沒久遠歷史的國家，其實是很尊重古老東西的，凡是超過五十年的物件，就很希罕了！家家戶戶多少有些上兩代祖傳的傳家寶，平常逛逛古董店、舊貨市集，買個小擺飾回家，給自家添點歷史，是很普遍的假日消遣。懷舊的氣氛，讓古典式樣的家具，永遠比現代流行的款式貴上一成。

「嗯，我覺得這個絕對不是廟裡的東西，是送給私人掛在牆上的，你看……這邊說……是送給一位姓張的老太太……『恭為　大壺範　耿母張老孺人　立』！」漂亮的楷書讓姜妍忍不住唸起來。

「有沒有說多久以前的東西？」老闆挺沒耐性地打岔，姜妍轉頭看丹尼爾，他穿著淺藍牛仔褲，短版的皮夾克只到腰間，顯得兩腿極為修長，雙手插在褲袋裡，對她微笑，走近她身後，聽她念左邊落款的日期……

「『欽加同知銜四川即補直隸州知州愚姪王佐仁頓首　拜』，這是送的人的官銜和名字，好長喔！」除了「佐仁」兩個字是紅色以外，其他字都是金色。

「哪一年呢？有沒有一兩百年？」老闆又問。

「咸豐十一年歲次辛酉爪月　穀旦……」姜妍越唸越小聲，匾額上的紅字柔柔地散發引人魔力，姜妍忍不住用食指觸摸著「姜」字上圓潤的刻痕……

※

老太太再睜眼時，鏡裡只剩得牆上新掛上的匾額「敬姜貽風」，巧顏記得她告訴過查爾斯，「姜」是對貴婦或是美女的稱呼，從此查爾斯就在沒人見著時，「小姜小姜」地膩叫她……像是兩人的密語……巧顏盯著匾額上漂亮的楷書，今年做壽時，過繼到這房的姪兒送的。她走上前，撫摸著她的「姜」，過去的回憶，於指尖轉折處浸濕，巧顏看見查爾斯學著喚她小名時專注的神情，想像自他鼻樑畫至唇間，畫他有稜有角的漂亮五官……快見著他了吧？左手無名指上的花戒閃著藍彩，那年初春，查爾斯把巧顏最愛的牽牛和瑪格麗特鑲上銅戒寄來，卻遲遲得不到她的答覆，他恨她嗎？

※

姜妍驚訝地轉頭，左前方的陽光照進落地窗，落在丹尼爾長長的睫毛上，淺褐色捲翹的睫毛末梢，和額前垂落下來的短髮，亮成了熟悉的金色……像是……許久前的舊識……

丹尼爾俯身：「妳還好嗎？」

「喔？還好。」是昨晚沒睡好嗎？姜妍揉揉前額，也不管丹尼爾是否聽得懂，改用中文跟丹尼爾說：「是清朝的東西耶！很舊的！你知道嗎？清朝！好像是鴉片戰爭前後吧！」如果丹尼爾想買，她似乎得幫忙隱瞞匾額的真實歲數。

「這是孫逸仙年十一年，你知道，和西元不一樣……」丹尼爾對著老闆不急不徐地扯謊，老闆假裝懂地點頭。「必須加上一九一一，所以是一九二二年……這匾額有多大呢？

好像有點大？」丹尼爾故意轉頭徵詢姜妍的意見，姜妍略作失望點頭，在老闆面前，他們倒成了一對。

「大小是七呎乘四呎，那裡還有更多各種尺寸的。」精明的老闆可能已經看出他們喜歡，想極力促銷更多貨色。

「怎麼有這麼多呢？你們從哪裡弄來的？」姜妍忍不住問，稍微帶點質問的語氣。

「我們整批從中國運來。」整批？怪不得整個像是大賣場的店裡，擺的都是中國的舊家具：桌子、椅子、箱子、藥櫃，甚至連水桶、竹耙都有！姜妍這才意識到，陣容龐大的中國家具，可是這家店的主角，讓人恍然像是見到親人一般，依依不捨起來。

她摸摸旁邊像是中國京劇《六月雪》中，劉蘭芝提的水桶，八年前，和志傑在台灣拍結婚照時，身上穿著件大紅鳳仙裝，手上也提了這麼一個。

「要不要過去看看？」

「好啊！」

姜妍為了急著逃脫老闆的視線，竟不自主地尾隨著丹尼爾。

走道旁有個好多小抽屜的藥櫃，抽屜上用毛筆寫著中國各式藥材，非常可愛；然後是一個四腳浴缸；再來，終於看到角落裡有許多匾額倚牆而立……

「好多喔……真重！」姜妍迫不及待地挪看匾額，丹尼爾幫忙扶著，可惜都只是普通賀詞、沒落款的，像「年高德劭」啦、「壽比南山」啦、「青出於藍」啦，沒什麼特別，價錢也比較便宜，依尺寸吧！姜妍和丹尼爾很有默契地放回匾額，走走看看其他的東西。

「妳看這些木板畫，像是有故事，好生動啊！」那是一些畫在木板上的古畫，有戲曲故事，像「薛丁山與樊梨花」、「楊魁與穆桂英」的戰爭場面；還有像是百官上朝、官小姐賞花啦……

姜妍皺起眉，往後退了一步。

「怎麼了？」丹尼爾問。

「我不喜歡這些東西！不知道是做什麼用的？這麼多！大小像是門板，裝在門上的嗎？可惜沒落款，可能不是當畫掛的。」越說越急，像是跟人吵架！其實她也不討厭那些畫，只是，突然覺得像是被變賣家產！

「剛剛怎麼知道要用中文跟我說暗語呢？」丹尼爾換了個話題。

「我覺得那是真的古董，你應該會想買，所以想幫你撒謊，只是，有點緊張……你……聽得懂嗎？」

「大概聽懂，妳說的是『鴉片戰爭』，對嗎？」

「對，我也忘了是第一次，還是第二次？不過可能是一八六〇年前後！有一百五十年了！你要買嗎？放哪裡呢？」

「應該會買吧，當餐桌囉！不過，今天搬不了，下次再來搬好了。等一下妳繼續逛嗎？還是有別的事？」

「我差不多了，得回家了。」

「嗯，今天跟妳聊得很愉快！我正需要找一位中文老師，不知道妳有沒有空？」

「我？」姜妍看著這個高她一個頭的老外，正對她誠懇地笑著，那像酒窩的凹痕忽隱忽現，讓人無法拒絕。「可是我不會開車……」

「沒問題，妳住附近吧？我可以去妳家……」

「我結婚了，有兩個小孩，得跟先生商量一下……」

「當然！這是我的名片，等等，我寫一下家裡的電話……」他把名片放上左手心，無名指上戴著戒指……「如果可以的話，請給我一個電話，我有過兩位中文老師，只是一位從上海來，一位從廣東來，他們的中文跟錄音帶的完全不同！剛剛一聽到妳說中文，我高興死了！跟錄音帶裡簡直一模一樣！別擔心，我已經有課本了，只是要找個人糾正發音，而且，可以有固定時間練習說。」丹尼爾興奮起來，英文就說得更快了！

「我……要考慮一下。」

「好，需要載妳一程嗎？妳剛剛說不會開車？」

「沒關係，我可以打手機找先生來接。」

「那，再見了，很高興認識妳！」

「我也是。」

丹尼爾點頭告別，姜妍看著他瘦高的身影推門出去，深褐色皮夾克和藍色牛仔褲，襯著遠處漸暗的藍色天空……手上的名片寫著：「丹尼爾・威廉斯　律師事務所」。

走出恍若陰濕東方的古董店，風一吹，吹起姜妍耳邊削薄的長髮，她今天穿了件白麻無袖上衣，軟軟的粉紫一片裙，簡單的繞一圈，再扣回腰際，裙邊上的紫花順風飛起，飄散一地薰衣草香。她拿出戒盒裡的戒指，剛才怎麼突然有幻覺呢？戒面熟悉的感覺使人溫柔，不知道以前是哪個幸福的女子戴的？誰送的呢？上面的藍紫花漂亮地耀眼……

她閉眼，匾額、嫁箱、木板畫、古董白的對椅……還有丹尼爾，像放影片似地，再次湧現。

姜妍扶著路邊的木椅，坐下。黃昏攫上她的衣角，染開晚春的夜色。

2

街角停車場一個頎長的身影進了一輛墨綠車子，卻遲遲沒有開走的意思。車子轉來，停在姜妍眼前。「真的不用送妳嗎？」

「喔，不用了，我先生有事，要等一下，但是晚點會到。」

「好，只是覺得有點晚了，市區不是很安全。」

「沒事，謝謝你。」

「好吧，再見！」丹尼爾戴上墨鏡，抬手招了招，駛離市區。照後鏡上的東方女子仍舊低頭坐著，這大概是他第一次碰到不在中餐館做事的東方人吧？可是？怎麼覺得好像在哪見過？哈哈，真是見鬼！怎麼可能呢？不過，姜？她叫姜什麼呢？她的中文簡直跟買來的錄音帶一模一樣！如果願意教他中文就太棒啦……哎呀，居然沒叫她也留個電話！算了，最近公司那個義大利的案子正忙，還得翻譯義大利文的買賣契約呢！買賣？

※

黑底藍邊的長衣褶裙，一個素淨的年輕女子從暗廳低頭走來，查爾斯忍不住盯著女子手上的藍紗絹，看她停步、坐下，紗絹靜歇在膝頭的褶裙上。

「妹子啊，這佐仁說呢，他這朋友是從美國來的，來做點買賣，我們呢？只需幫忙收購這洋人要的東西，再轉手賣給他賺點利頭。」

「可是我……我可是一點都不懂啊！」巧顏頗是為難。

「唉呀，怕什麼啊？說是用妳的名而已嘛，佐仁會幫妳的。」大姑歎一口氣，端起茶，撮著嘴吹著，喝了一口。

「喔。」巧顏低下頭。

「還有呢，這洋人想找個人學中國話，做起事來方便些……」大姑瞇起眼：「妳呢？趁便在進貨出貨時，教他兩句就成了！」

「舅媽，不，乾娘！這洋人叫查爾斯，會一些基本的中國話了。」佐仁道。巧顏這才抬起頭，大膽地看查爾斯，查爾斯對她點頭。

「妳好，我叫查爾斯。」儘管一時間發生太多事，可是巧顏一聽到洋人怪腔怪調地說中國話，還是忍不住笑出來。

「對不住，失禮了，您其實講得很好。」

「是理？妳叫是理？」

「不不，我叫巧顏，我是說不好意思了。」

「喔，哪裡哪裡，妳叫巧顏，顏色的顏？」

「正是。」

「我喜歡你們瓷器的顏色。」

「行了，看起來你們還能談上話，就這麼說定了罷！」大姑不愛囉唆，事情說定了站起身來，就要離去。

巧顏跟著起身回禮，地上，查爾斯的影子變得很長，長得掃過她的裙襬，才依依不捨地走了。

※

姜妍看著丹尼爾的車開出巷口，很久沒人擔心過她了吧？她想起今早跟志傑的對話：

「我走了，去幫同事修電腦。」

「可是今天我生日……」

「生日也不用慶祝一整天吧？我已經請朋友晚上來我們家聚餐，放心，他們會帶菜來。」

「是我生日！你應該先問我想怎麼慶祝吧？」

志傑站在門口，「那妳想怎麼慶祝？住這裡就是這麼無聊！能怎麼慶祝？還不就是出去吃難吃又貴的美國菜！同事電腦剛好壞掉我能不幫忙嗎？如果妳不想請朋友來我們家，那妳自己打電話跟他們取消，我得出門了！」

姜妍張大嘴，看著手上的小女兒和旁邊的大女兒，狠下心：

「今天週末，又是我生日，想休息一天，自己一人去逛街，去教堂街，請你帶小孩去同事家，我大概下午晚餐前會打電話給你，你再來接我。」

……

志傑終於姍姍來遲，姜妍遲疑了一下，打開後座的門，坐進後座，剛剛晃動的心緒消失無蹤。兩個女兒正酣睡著，到家後，孩子醒了，姜妍趕忙把客廳整理好，東翻西找，還好有餅乾、洋芋片和汽水、葡萄，等一下住同社區，兩戶同樣是台灣來的夫妻會來。

這就是移民生活中很普遍的假日活動，朋友間各帶一道菜，輪流在各家聚會。人人就地吃喝閒聊，說說中文；小孩滿屋子跑鬧，算是給異鄉遊子添點簡單的趣味。

「你們說，一個二十六歲的未婚女生，為什麼會對三十六歲的男生感興趣啊？」志傑晚餐後突發驚人之問。

「嗯，三十六歲的男生啊？正值黃金壯年，已經有個穩定的工作又不太老，誰不喜歡？」率直的素真第一個回答。

「可是相差十歲耶！」志傑又問。

「這年頭，十歲算什麼！老公死得越早越好，錢領了還有大把年輕可以花！」

素真的解釋讓所有人都笑翻了！原本詭異的氣氛也輕鬆下來。可是姜妍的臉卻越來越僵，不顧朋友在場，她忍不住問：「問這個做什麼？是你的朋友嗎？」

「沒有啊！就是好玩嘛！」

「喔，我知道了！你是不是在玩線上交友？」素真問。

「就是每次莫名其妙都會有廣告問要配對啊，好玩嘛，就試試看囉。居然有人就跟我聊起來了……欸，什麼叫sitcom啊？」志傑瞇起眼，原本就很小的眼睛幾乎看不見了，身上藍格紋襯衫上的兩滴醬油漬特別顯眼，他轉頭問外文系的素真。

「就是肥皂劇啦！situation comedy，怎樣？」

「她說她最愛看那個……」

姜妍已經聽不下去了！她別過臉，自從出國生了孩子以後，自己和社會早早脫節，志傑唸了八年博士，她也在家當了八年家庭主婦！雖然志傑最後只拿了碩士畢業，但好歹也找到工作，現在居然搞了個網友，看來很是自得其樂！

朋友們逐漸察覺姜妍的不對勁，紛紛告辭，姜妍關上門，馬上變臉：「你在搞什麼？」

「沒有啊，不是都說了，好玩而已！」

「精神外遇嗎？」

「妳講得太嚴重了！」

「嚴重？這麼說，我也可以上網交友囉？」

「要去就去啊，跟妳說了：沒什麼！還吵！真無聊！」

「誰無聊？你每天一大早出門，半夜才回來，都在玩網友嗎？」

「神經病！我說了嗎？就聽妳胡說八道！」

「那這又是什麼?!」姜妍猛地拉開衣櫥，一本本黃色小說、漫畫和雜誌傾洩而出，還有一大疊網上印出的情色小說，中英都有，白色的紙張瞬間飛灑滿地！

「妳翻我東西做什麼？」

「沒做什麼！我只是討厭看到這些東西！你要就弄乾淨一點，別弄髒我的地方！拿走！」她憋了一天的悶氣突然發作，大叫：「全部拿走！」她恨恨地又推又踢地上的書！

「真是瘋子！」志傑轉身進臥房抱出枕頭棉被，走向書房。姜妍氣得牙齒打顫，抓起地上的書開始撕起來！一頁頁男女赤裸圖片蓋滿客廳……坐地上的小女兒哭了，她擤擤鼻子，看到自己烏黑的手，可是還是停不住地撕，扯碎赤裸男女的手腳，拉斷他們的頭頸……姜妍的雙眼發乾，她抬頭，看見衣櫥內穿衣鏡中自己怒睜的大眼、印上油墨的臉、和滿地撕裂的紙張，紅紅綠綠……一旁站著的大女兒也哭起來……她抱起小女兒、拉著大女兒進房間，突然間，眼淚颯颯流下……

「我想去公司一趟，去澆菜。」志傑在公司租了一塊地種菜，每天早晚定時澆水，辦公室的窗台上、地上，擺滿了培育的菜苗，姜妍有時覺得，那些菜，長得都比孩子好。

「今天星期天，已經很晚了……」

「今晚睡公司，明天就不用一大早起來開車。」

「隨便你吧！」姜妍平靜下來，突然不想吵了！五月的天，居然覺得有寒意從腳底慢慢上來，忍不住打了個哆嗦。

吵架不好嗎？會吵，表示兩人間還有情份在吧？不吵了，兩人反倒形同陌路，像兩個沒臉孔的生人。志傑也這樣認為嗎？姜妍走到窗邊，看著志傑的車在樓房間轉彎，駛離視線。

3

耳邊響起嘟嘟聲，姜妍楞了一下，滿臉錯愕地掛掉電話，還是沒人接！從昨晚打到現在！三歲的大女兒瞥眼看了看她，趕緊低頭吃飯；小女兒卻還傻傻地纏著媽媽要喝奶。姜妍胸口劇烈起伏著，右下肋骨處隱隱痛了起來，她按著胸口踅到冰箱，倒了杯牛奶喝著，旁邊微波爐的玻璃門上，映著一張扭曲蒼白的臉，她嚇了一跳，伸手攏了攏頭髮，抱起小女兒開始餵奶。

半晌，左手又抓起電話，用力地按著那一連串可恨的數字。拜科技之賜，每個人身上都有一堆代表這個人的代碼，讓人聯想到相對應的人，人可恨，連數字也變得猙獰起來！

這次接電話的是答錄機！是啊，人腦能辨認數字所代表的意義，電腦也能輕易地排除黑名單上的人打來的電話。她再重撥一次，還是答錄機；換了手機號碼再撥，又是答錄機！

姜妍頹然摔回話筒！那東西一時沒跌回落點，懸在桌邊悠悠盪盪。她像洩了氣的皮球，突然覺得好累，結了婚的女人，吵贏的籌碼似乎越來越少，每吵一回，只會發現對方更像陌生人一樣，對自己越來越沒感情，忍耐度也越來越低。

前額兩側陣陣抽痛起來，姜妍摸索著椅背坐了下來，到底還吵什麼呢？想證明什麼嗎？

原本準備好要道歉的心情沒了，唇上剛剛擦的口紅頓時變得可笑起來，她下意識地抿掉唇膏，喃喃自語：「放心，以後我不會再打電話給你了。」

垂死的電話在一旁嘟嘟掙扎，孩子們出奇安靜地玩耍，窗外，陽光不再刺眼，出去走走正好。

「盼盼，想不想出去野餐？」

「好啊！」大女兒放下手上的湯匙，對她笑著。姜妍把女兒從高椅子上抱下，沒吃完的晚餐裝進保鮮盒，另外帶了一小瓶果汁和一小盒喜悅兒，裝進育嬰提袋裡，左手抄起小女兒。

「走吧！」

社區裡有許多高高低低的草坪，她推著嬰兒車，右手牽大女兒，往草坡走去，從那裡可以看見車子轉進社區。異鄉女人的悲哀嗎？即使跟先生吵架，因為舉目無親，還是無法獨立？想走也走不出社區，還是盼著能看到他的車回家？

草坪非常柔軟，有專門的公司負責整理，社區還有公共泳池，和給孩子盪鞦韆的公園，還有幾個媽媽組成的社團，讓有小小孩的家庭主婦有個交際圈，即使無法開車出門，待在社區裡也還能有點娛樂。

「爸爸，爸爸的車耶！」沒錯，白色的小豐田，這孩子好聰明……可是孩子卻突然往山坡下衝去！姜妍來不及阻止，「盼盼！用走的！等媽媽！」還好小女孩聽話，停下來，別過頭笑著。

「這樣跑好危險！」白車停下，女孩看了姜妍一眼，向車子走去，進了車。姜妍收好東西，推著小女兒，也往車子走去。誰知，車子卻一下子開走了！姜妍原本沉澱的心緒，又沸騰起來，拄在原地！原來，想下山不一定有台階給妳下。微涼的傍晚，天無比青藍，萬千星斗清澈異常，她呆立良久，小女兒甩著腿「媽媽，媽媽！」地喊著，姜妍咬著下唇，慢慢走回家。

4

「媽媽，看爸爸買了好多東西！」

志傑正「咚咚咚」釘好釘子，把八卦鏡掛在進門牆上，斜對角擺了個魚缸，上面對應的天花板上掛了盆塑膠花。

「你在做什麼？」

「釘釘子啊，沒看到啊？樓梯正對門口叫『對沖』，留不住錢財，所以要八卦鏡轉運；魚缸呢？是水，『水能留財，花能生財』。」志傑把那幾句風水之詞拖著尾音拉高聲調，彷彿如此便增加了可信度。

「這裡每間連棟屋的設計都一樣，甚至這就是最傳統的美國隔間式樣，難道大家都會漏財嗎？」

「妳懂什麼？這叫風水，連老美現在也在瘋！怪不得搬家後運氣這麼背！永遠賺不到錢。」

「你才畢業就找到工作，怎麼會沒賺到錢？我不喜歡新房子掛這些奇怪的東西，感覺心裡好毛。」

「什麼心裡毛？簡直無知！」

「幹麻說話要這麼難聽？房子是我們共同買的，我把爸媽給我的退休金當頭期款，也該有決定怎麼布置房子的權利啊！」

「我一直沒跟妳說，」志傑逼近她：「結婚前，我媽排了妳的命盤，說妳命中剋夫，好不容易挑了個吉時吉日結婚，可是我懷疑根本沒用！害我博士念了八年都沒拿到，只能拿個碩士畢業！」

「你？你在說什麼？你自己拿不到博士還怪我？」

「掃把星啊！還不夠嗎？妳還想怎樣？」

姜妍滿臉錯愕！「你簡直不可理喻！」昨天的怨氣、今天整天電話不接、加上剛剛被迫走路回家……她環顧四周，抓起廚房的掃把，把剛剛志傑掛在天花板的塑膠花砸了下來，塑膠花「趴搭」掉進魚缸！缸裡的小魚四散飛逃！

志傑猛地抓起靠在牆角的除草機往牆上砸，砸破一個大洞，除草機的機座歪了！姜妍愣在一旁，氣得發抖，可是也不害怕，不知哪來的勇氣，反而向志傑走去，從容赴義似地，心想，也許，這次摔向牆壁的會是自己！也許，事情反倒簡單一些。

志傑和她對視一眼、轉身「砰」一聲，甩門離去！

「爸爸，爸爸！」大女兒哭喊，看著姜妍，「媽媽，爸爸生氣了嗎？為什麼又出去了？不要我們了嗎？媽媽，妳也生氣了嗎？媽媽？」

她想起昨天新買的義大利馬賽克戒，想起丹尼爾，要給他個電話嗎？

5

「媽媽，說故事吧！」剛放學的大女兒拿了本書膩過來，她抱起小女兒，邊開前襟餵奶，邊唸故事……也許，寫點東西吧！賺點外快也好，孩子小，出不去工作，在家寫作好像是唯一的出路。她看著上幼幼班的女兒，英文正在起步，就算幫孩子做個上學記錄吧！

「媽媽，這是什麼？」

「這是一個想學說中文的叔叔，給媽媽的名片，上面有他的名字和電話。妳已經上學說英文了，還記得嗎？這個字怎麼唸？」

「D。」

「對，妳好棒！」

電話聲在寂靜中打斷思緒，女兒貼心地幫她拿來電話。

「妳好啊，紀太太，我是小馬啦！志傑在嗎？」是開餐館的馬老闆娘。

「他不在，找他有事嗎？」

「喔，真糟糕了！要告訴他，今晚的舞聚取消了，改明天。」

「舞聚？」

「妳不知道啊？就幾個喜歡跳土風舞的太太，在教會借了場地跳舞，他走了嗎？」

「他出去了，說是要去公司。」姜妍撒了個謊，志傑已經兩天沒回家了。

「那我打電話去公司給他好了，也順便送個媚兒給他，也許他不能接電話，再見啦！」

姜妍若有所思，帶女兒們上樓午睡。

志傑喜歡跳舞，從前是土風舞社社長，永遠是眾人的焦點。當初吸引她的就是活潑不拘泥的個性，雙子座天生的交際手腕加上能言善道，算是學校的風雲人物，對個性相反的姜妍來說是個很新鮮的際遇。只是志傑似乎永遠屬於眾人，姜妍則是台下的黑點，拴不住那匹浪馬，久了，兩人終於成了彼此的負擔。

馬太太比自己大好多吧？可是很會打扮，總是化濃妝、穿緊身短裙，還有那雙帥氣的長馬靴，讓馬太太全身洋溢著盡情享受人生的快樂！也許吧，丟掉拘謹，放開一點，人生就這麼一回，何必如此拘束？

她打開電腦，不知不覺進了志傑的信箱，從前幫志傑丟送履歷時，為了方便她幫忙找工作，志傑曾把密碼給她。

密碼沒換，馬太太的信是第一封，姜妍打開，裡面除了說舞聚地點、時間，還送了幾個影帶檔案，檔案名稱非常曖昧。姜妍想了一下，按下載。果然，是色情影帶！非常令人作噁的人獸交！她趕快把郵件改回未開封，關掉視窗，拉著檔案丟進垃圾桶！

信箱裡還有個陌生的名字，出現兩次，是個女生的名字。侵犯隱私有點罪惡，可是姜妍這回像是魔鬼附身，離不開罪惡現場。她打開最近的一封，日期在上星期。

親愛的J，很高興中午和你見面，謝謝你請的午餐，令我難忘，希望還有機會再見，想你的K。

她退出，按前一封。

親愛的J，明天就要見面了，等你喔！我會在你開會的飯店大廳等你，愛你的K。

開會？是了，上禮拜志傑去銀泉市開會，住了三天。這女孩顯然是認識一段時間了，看起來剛好住那裡。姜妍打開志傑已寄出信的卷夾，裡面沒有給女孩的信，顯然是已經刪掉了，這兩封是漏網之魚。

常聽到、看到、讀到講外遇的故事，總覺得不痛不癢，當事人怎麼可能不察！這下輪到自己，其實怎麼說呢？竟然不生氣！反倒希望就此和志傑結束，很像最近幾年的性生活，兩人好像都故意在睡前吵，吵完就可以不用同房，很幸災樂禍的感覺。

她建了一個女兒學校日記的檔案，把今天問女兒的上學情形輸入電腦，現在，她的獨處時間增加很多，夜闌人靜時，打字聲和自己的呼吸聲交會出美妙的樂曲，常常恍然不覺，已近清晨。

6

幼幼班只上半天，小女兒也才六個月大，哪裡也去不了。成天面對幼兒有些失落，姜妍想起那個想學中文的老外，已經三個多月了，他還需要中文老師嗎？她在腦裡簡單地打了個英文草稿，略帶緊張地等電話接通。

「妳好，請問威廉斯先生在嗎？」

「在，可是他在開會，請問要留話嗎？」職業性回答地很快，差點讓姜妍誤以為是答錄機。

「我姓姜，不知道他還需不需要中文老師？麻煩請他回個話，謝謝。」

「沒問題。」祕書甜甜地答，應該早點打的，也不知那時在想什麼？要是丟了機會，真是自己活該了！

姜妍回頭認命地換尿布，來美國八年，拿了個教育碩士，去幼稚園上過一年班，現在也只是在換尿布！出國前母親幫她算過命，說她必須遠行才會轉運，這就是她出國轉好的命嗎？

她熟練地包好髒尿布，放進塑膠袋打個結，再丟進垃圾桶，電話來了，好快！

「姜妍妳好，我是丹尼爾。」慢慢一字一句小心地發音，怕出錯的態度讓人莞爾。

「喔，你好，我是想問，你還需要中文老師嗎？」

「當然，這裡很難遇到不開餐館的中國人。」

姜妍等他慢慢用中文說完：「那，」她也慢慢用中文回答：「你覺得需要試試看嗎？」

「好，妳什麼時候可以？我去妳家，妳不會開車？」

「都可以，晚上七點以後。」

「明天呢？」

「好。」

「怎麼付錢？」

「我也在中文學校教，他們給我一小時二十美金。」

「好，我付一樣。」

姜妍掛掉電話，有點興奮！在中文學校一小時二十元，可是開車來回多花掉兩小時，加上油錢，其實一小時大概賺不到十元。如果丹尼爾付她一小時二十元，一個月下來，她就有九十元了！加上中文學校的薪水，總共快兩百吧？她可以要求志傑幫自己另外開一個戶頭嗎？以後想給自己買件衣服也方便。

結果，志傑提早回家，才下午三點。

「想跟妳討論一件事。」

「我也是，你先說。」

「我……我買的股票大跌……都是小張！叫我買生技股！其實剛開始也還好，誰想到這家新公司起不來？抽到籤居然上市不了！這兩天股票又狂跌……可是……我覺得生技股還是很有希望，我不想就這樣賠本賣掉……想跟妳商量，把房子做二次貸……貸出來的錢，趁現在股價低，再買進一些……」

「等等，你說什麼我聽不懂！為什麼要賠本賣掉？如果你覺得會漲回來，放著就好，不是嗎？」

「不知道什麼時候會漲回來啊！我現在需要錢嘎進去……」

「什麼意思？為什麼？」

大女兒過來，拉拉姜妍的衣袖：「媽媽，妳看，妹妹在吃土！」姜妍轉頭……天啊！小女兒爬到盆栽旁，抓起土吃得滿臉！「妹妹不行！」她越過滿地玩具，把小女兒抱到廚房洗臉洗手。

志傑跟進廚房，繼續解釋：「嗯，我做的是短線……當日沖銷……就是買空賣空……」他難得語氣和緩，低下頭。

姜妍瞪大眼睛：「買空賣空是什麼？你賠了多少？」

「就是借錢買股票，我前幾個月也賺了不少啊……」

「你到底賠了多少？」手上的小女兒被姜妍的叫聲嚇哭，開始哭起來，她拍肩哄著：「妹妹乖。」

「兩萬多美金，其實沒那麼多，應該是一萬多……」

「你等一下。」姜妍抱著小女兒上樓，要大女兒跟著進房間午睡。妹妹有嬰兒床，大女兒有自己的床，雖然同房間，但是兩人會自己躺著玩玩具午睡，算是她的福氣。她在女兒們的床沿呆坐，幫她們蓋好被子……錢已經賠了，再吵也回不來，志傑今天看起來還自知理虧，退一步，也許可以跟他提教中文的事。先搞清楚狀況吧！只是，她很怕控制不了脾氣，她下樓。

「你說清楚一點，你借錢，所以要先還錢，可是你手上的股票應該還在吧？」

「就是這個意思，我得先有兩萬多還錢。」

「現在就把股票全部賣掉的話，可以拿回多少？」

「拿回一萬吧，可是會漲回來的！股票本來就是漲漲跌跌，先貸款把錢還了，不需要認賠……」

「你是上班時候在玩股票的吧？老闆發現怎麼辦？像你今天這樣，得趕三點半的情況有多少？你不緊張嗎？那是你的正職耶！」她還是忍不住開罵！

「我也是為家裡著想，不想只賺死薪水啊！早開始的話，多少人都這樣賺翻了！」

「結婚前你答應過我什麼？你拿我賺的錢去玩股票，賠了四十萬，當時你跟我說什麼？現在又重蹈覆轍？什麼時候才改得過來？」姜妍深吸一口氣，胸口起起伏伏，現在不是翻舊帳的時候！「我寧願認賠，也不會簽字讓你做二次貸，你現在把股票全賣了，我有一點錢……我爸媽給的。」爸媽的退休金買房子時沒全拿出來，一直收著，原本還偷偷高興了一下，沒想到，不是自己的還是留不久。

「投資本來就有賺有賠，我的出發也是為家裡。」

「我只有這一點錢了，這次算是最後一次，你要是再不死心，就是想把我們的婚姻都賠進去！賺錢的方法很多，有了孩子就擔不起風險……我今天本來要跟你商量的是：我想在家教中文。那天在古董店遇到一個老外想學中文，會來我們家，我不必開車，只是你得準時回家看小孩，明天晚上七點。」

「妳都跟人家說好了，算是跟我商量嗎？」

「本來是商量，可是現在賠了這麼多錢，不賺行嗎？還有，我想開一個自己的戶頭，把我賺的錢放進去，以備不時之需。」

「隨便妳吧。」

兩人都異常冷靜，各自畏懼的風暴居然相互制約，暫時消弭。結婚時理所當然共有的身外物，在現實的試煉下紛紛拆帳，好壞公平都不重要了，取得各自想要的籌碼才有維持的理由。

卷二

1

和丹尼爾的中文課排在星期三，姜妍非常緊張，因為志傑還沒回家，她深吸口氣，告訴自己：別指望他了！

晚飯早已做好，讓大女兒七點開飯，吃完可以在旁邊玩媽媽事先準備的拼圖、著色，或是看故事書。家裡不大，姜妍上課得在客廳，所以孩子無法看電視，否則，就簡單很多。

至於妹妹，她先換好尿布，讓大女兒陪她玩。

姜妍踱步到窗前，剛好看見丹尼爾停車，她趕緊走到門邊，等了一會卻不見按鈴，怎麼回事呢？她又跑上樓，從客廳的海灣形窗邊向下望，丹尼爾正在抽菸，牆上的鐘還有五分鐘七點。屋外的丹尼爾抽完菸，踩熄菸蒂，看一眼腕錶，在門外步道上踱著步，褐色的皮夾克很像二次大戰繡著國旗的飛虎隊夾克。七點，丹尼爾轉身按鈴。

姜妍趕緊下樓開門，丹尼爾對她點頭微笑，進門後站在門邊等姜妍關門，然後伸出右手請她先上樓。她連忙轉身，腳上的拖鞋顯得寒酸！老外不時興進門脫鞋，其實挺有道理，如果客人服裝整齊卻得換上拖鞋，感覺就毫無穿搭美感了。
「抱歉，我先生還沒回來。」
「沒關係，妳需要先忙女兒嗎？」
「不用，她們可以自己玩。」六個月大的小女兒已經能坐了，姜妍幫她綁了兩個沖天炮，小女兒危顫顫地轉頭朝著丹尼爾笑，丹尼爾也回笑，「她好小，會坐啊？」
「她已經六個月大了。」
「『已經』後面一定要有『了』嗎？」
「這？對，你中文很好了啊！知道這個。」
「妳說『很好了』，可以不說『了』嗎？」
「嗯……可以。」
「為什麼要加『了』？」
「嗯……」姜妍從沒想過這問題，可是總不能第一天試教就說不知道吧？「嗯，因為這裡可以加進『已經』，就變成『你中文已經很好了』。」
「妳可以寫『已經』的『經』給我看嗎？」
「好。」姜妍接過丹尼爾遞過來的黃頁筆記本，那是一種可以往上翻的長型筆記本，上面有許多看來是丹尼爾練習寫的字，每個字都很整齊的排列著，像是小學生的字，非常可愛。

「這兩筆是一起的，然後再兩筆，一，二，三，四，五，六，七，八，九，十，十一，十二，十三，一共十三劃。」丹尼爾依樣重寫。

「對，你寫得很好，怎麼知道怎麼寫很重要呢？」

「書上說要寫好中文字，順序很重要。」姜妍莞爾，這是個很聰明的學生，和中文學校被父母逼來學中文的孩子不同。

「妳可以聽我念課文嗎？看我的發音對不對？」

「好。」

丹尼爾開始念著自己帶來的課本，第二課，一位外國學生剛到桃園機場，和來接機的朋友的對話。他的發音雖然正確，卻免不了有外國人說中文的口音，聽久了，讓姜妍得克制住不能笑。

「我念得對嗎？」

「對，但是……」

「有一點怪，是不是？妳念看看。」

姜妍接過課本，開始念才發覺，除了發音之外，速度和斷句的地方也是個問題，才剛要解釋，小女兒卻爬過來，抓著姜妍的腿站起來拍著，要媽媽抱，姜妍抱起小女兒，大女兒也湊過來坐到媽媽旁邊。小女兒抓著姜妍的前襟，顯然是肚子餓了，這怎麼辦呢？她看著丹尼爾。

「沒關係，妳忙，再聽我念吧！」丹尼爾轉頭，繼續念課文。

姜妍打開胸衣，蓋著小女兒的臉，小女兒馬上大口大口吸起來，聲音大得讓人尷尬，她假裝無事，看著丹尼爾手上的課本，卻不經意看見丹尼爾稜角分明的側臉，堅挺的鼻樑、很長的人中、往後削再凸出的下顎、被燈光照著的眼瞳閃著清澈的綠光……喔，好像在哪見過？她來美國八年了吧？沒有稱得上朋友的美國人，況且，丹尼爾應該是她第一個這麼近距離看的外國人吧？不可能在哪見過，她下意識撫摸著手上的馬賽克戒指……

※

屋裡悶熱吵雜的人聲，送輓聯的人群，來來去去的白衣，頭上飄著的白布，順著鼻頭滲出的汗滴，拂過臉頰……老爺走了。

實則巧顏還好，說不上傷心，自十八歲過來，跟了老爺，老爺當時已經五十了，大太太、二太太、三太太們接連早逝，沒人敢再跟他。老爺買她來，娘家因此多蓋了間房給弟妹，她呢？剛來的時候，雖則處處覺得新鮮，只還是怕，怕好大的房子，曲曲折折、左拐右彎，要迷路似地。也怕老舊蒼涼的感覺，這宅子，活像是留不住人，老的小的都走了，只剩得老爺。老爺待她挺好，只不多話，陰沉沉地每晚打呼，如打雷一般，帳子都能抖起來！巧顏總得小心地挪開老爺粗乾的手，盡力縮進牆角。床架雋刻著騎馬作戰的場景，奇了，並非花團錦簇的繁華富貴！沉香的榆木上箔著一層金，框架上漆著一逕的紅，大紅沁涼的絲綢帳子觸著她的頰，她愛把光光的手臂貼著帳子，透涼輕軟地恣舒服。帳底有個雲紋鬆了線，巧顏好生奇怪地拉著，拉出半吋長，又收起線來，脫出的線撓著她的鼻尖，癢癢的，她喜歡。

還喜歡什麼呢？她還喜歡臨坐窗邊，看窗外的景緻。窗外的牡丹到了五月就開得火紅，再遠些是山茶，三月就開了，開一整個夏日，她喜歡山茶，多瓣的那種，花蕊繞著花瓣轉，整朵花就多了一層金黃的邊。不過，她還是最愛牽牛，愛牽牛紫紫藍藍的顏色，悄悄地爬上窗台，一大早就讓人看見，有個好聽的別名叫朝顏，正好就是自己的名字——顏。

就現在，自己也不過才二十。

「這個家終末得有個男人撐著，妳年輕，來了也不過兩年，大小事若有個幫襯的，多少能讓人放心罷。」大姑起了個頭，皺起眉看她，原本被厚重白粉遮蓋住的紋路，一皺全都跑出來了。

「說的正是。」約莫四十的小叔多病，也無子嗣，脹著黄橘皮的臉，喘聲道。

「欸，總得防著，別落得外人手裡才是。」下午天熱，暈著熱茶上一層蒸氣被壓地死死的，一團團在茶碗邊轉著圈，繞不出去。

「大姐，您說該怎麼著？」姐弟倆一問一答，唱雙簧似地。

「咱們一道想想，嗯，莫說我偏心，實的呢？也想不出別的法子了，這……小弟，你也沒兒子……你們說……佐仁這孩子還行嗎？」誰是佐仁呢？

「他今年好幾了？準備上京趕考了嗎？」

「他今年二十二，書唸得挺好，趕明兒個就要鄉試了，有做生意的腦袋，外國話學得挺快的，認識了一些洋人，對我們的瓷器花瓶很有興趣。」大姑道，「要不過繼到這房來，算是大哥的義子，幫這房做點兒生意，大家分攤點資本，否則，這田產總會吃空的。」佐仁原來是大姑的兒子。

「這樣也好，還是大姐週到，嫂子……妳說呢？」小叔這才轉頭看巧顏。

「我……我沒意見。」巧顏回過神來。

「那……擇日先讓佐仁來熟悉一下帳目吧。」大姑撐著皺紋，堆起笑看她。

「好，就這麼著。」巧顏微笑斂眉，算是送客。

※

姜妍閉眼，再張開時，剛才的影像不見了，丹尼爾還在念課文……這戒指？她不敢再碰，專心聽著丹尼爾念書。

一小時變得好長好長，姜妍的沙發是L形，兩人分坐兩側，中間是個三角形桌面，放著姜妍的水。為了看清楚課本的字，姜妍抱著還在吸奶的小女兒，換坐到和丹尼爾同側。

「你念得不錯，有些地方可以停一下，比較有句子的感覺。我們可以練習一下句子：『雖然……但是……』」

「雖然她很小，但是很乖。」丹尼爾指著小女兒，小女兒突然抬起頭，嘴角還涎著奶水，對著丹尼爾笑起來，不吃了！姜妍拉好毛衣，讓女兒靠著肩頭，輕拍她的背，女兒打了個嗝。

「你說得很好，雖然她不認識你，但是喜歡你。」姜妍也指著小女兒。

樓下車庫的電捲門響起，志傑終於回來了，丹尼爾看了一眼腕錶，「喔，時間好快，我該走了，下星期三可以再來嗎？」

「喔，當然當然。」

「這是今天的二十元。」

「我以為今天只是試教？」

「可是用妳的時間，應該。」

「可是我還忙女兒……」

「沒問題。」丹尼爾起身，志傑剛好上樓：「你好你好！」

兩個男人握手問好，一高一矮；一個襯衫牛仔褲，手上是褐色卷宗夾；一個夾克卡其褲，腰間掛著霹靂包，手上提著手提電腦。志傑聲如洪鐘，哇啦哇啦說著塞車害他晚歸，抱歉沒早到家，中文課如何？喜歡嗎？會中文很重要，想學中文的美國人有多難得……

丹尼爾完全插不上嘴，只有聽志傑說話的份，半晌，丹尼爾終於說：「下星期見。」轉身跟姜妍點頭道別。

姜妍跟著下樓，看丹尼爾進了墨綠色的大車，駛出車道。九月的天黑得很快，八點半，滿天星斗清清澈澈，路燈下聚集了三兩隻飛蛾，今天滿月。

學中文，造句很重要吧？姜妍於是拿出紙筆，想了十個英翻中的句子，剛好可以套上機場對話和「雖然……但是……」的句型練習，準備等一下丹尼爾來給他。

丹尼爾照樣準七點才按鈴，姜妍這次早早等在門邊，深吸一口氣，等了半秒後開門，她今天刻意摘掉鏡框，戴上隱形眼鏡，黑色套頭毛衣配牛仔褲，丹尼爾竟然也穿了件黑外套和牛仔褲，兩人見了相視一笑！

第三課的課文居然提到台灣選舉！

「你知道台灣現在的總統叫什麼名字嗎？」

「我知道，是馬英九。」

「你真厲害，居然知道台灣的政治！」

「我喜歡政治，還有，因為妳從台灣來，所以就特別注意台灣的消息。」

教願意學的學生，比教被逼去中文學校的孩子輕鬆許多。他們聊時事，套入學過的字，然後上新課、再給作業。丹尼爾帶來的卷宗裡，除了黃頁筆記本以外，還有一本小記事本，封面是中國的青瓷藍，上面綁著一個方孔銅錢，寫著嘉慶通寶，也許是電話本吧？

姜妍有點驚豔，那是她最愛的藍！筆記本裡有著丹尼爾憨厚的筆劃，字字透過紙背，也是湛藍墨色，不禁又想起那枚馬賽克戒指。

「怎麼會想學中文呢？」

「我一直很喜歡外語，學過西班牙文、俄文、德文，後來想試看看東方語言，就選了中文，沒想到這麼難。」

「你說你學了一年，能會這麼多字很棒了！」

「我每天至少練習兩小時，太太小孩都覺得我很奇怪，他們都看電視，家裡兩三台電視全開，很吵。」

「我也不愛看電視，不過，主要是因為語言啦！中文對你工作有幫助嗎？」

「目前還沒有，只是好玩。」

「你的孩子也會說很多語言嗎？」

「他們不會，雖然我太太也會西班牙文，但是兩個兒子都不想學。」

「哈，這跟我們很不一樣，我們會逼小孩學中文。」

漫天瞎聊的時間過得飛快，轉眼又是一小時，不，居然超過很久了！丹尼爾遞給姜妍二十五元，說：「妳特別給我作業，花了很多時間。」

「喔，太謝謝你了。」

「哪裡哪裡。」

姜妍送出門，直到車子開出巷底……

「媽媽，叔叔忘了他的外套！」

那件黑外套！她趕緊翻出名片，上面有丹尼爾手寫的住家電話，沒有手機！多久會到家呢？她放下名片，拿起外套，還好口袋裡沒有重要皮夾，沒有任何東西……下意識地摺好外套，上面繡著金色、像是兩個向上的引號，姜妍忍不住伸手撫摸，拿起外套放上客廳咖啡桌時，隱約聞見淡淡煙味，是了，他抽菸，門口花壇邊多了幾個煙蒂，是他留下的吧？

等他打來吧，天冷到家，下了車準會發現，不然，打去如果是他太太接的，得講英文……

她和大女兒吃完晚餐，餵小女兒母奶，和女兒們看卡通……電話響起！

「姜妍嗎？我是丹尼爾。」

「欸，你忘了你的外套了！」

「對啊，我是笨蛋！」

「哈，你不笨啦！那？幫你留著嗎？」

「好，我下星期來拿，謝謝妳。」

「不客氣。」放下電話，姜妍拿起外套，貼在自己胸口，低下頭，閉起眼，聞著外套上的淡淡煙味，她向來討厭男人抽菸，總是要志傑戒煙，可是此刻卻浮現剛才在窗邊看丹尼爾提早到時，在樓下吸菸的樣子：右手食指和拇指抓著快燒完的一小截煙蒂，放進嘴邊，抬頭深吸，吐出最後一口煙的滿足神情……。

志傑還沒回家。

3

正在幫孩子換尿布，門鈴響了，姜妍嘆了一口氣，匆忙包裹好小女兒，實在很不想貿然開門，這種時間！不是推銷員就是傳教士！可是小女兒這時吵得外面都聽得到了，假裝沒人在家已經不可能。只好左手抄起孩子跨在腰上，一步一跳地越過滿地的玩具，奔下樓開門。唉，就知道又是個穿西裝的推銷員！喔，或者該說是傳教士吧！姜妍累得抬不起頭來，眼前擦的晶亮的黑皮鞋、全套黑西裝、還加了件黑色長風衣呢！嗯，這人穿得挺講究的嘛！雖然還是很疲憊，可是姜妍這時已經多添了些許好感，便微笑地抬起頭……

「欸，怎麼是你呢！」直覺地要抬手攏攏頭髮，一抬手，才看到手上剛換下來的尿布：

「抱歉，正……正在換尿布……」滿臉的尷尬，真想把自己變不見，丹尼爾只是笑著看她，等她：

「我……可以進來嗎？」

「喔，當然，請進請進！」姜妍深呼吸兩下，把要命的尿布扔了，放下孩子，洗手，再找出杯子，倒水，然後開冰箱加冰塊，冰塊頓時「啪！」地濺得滿手是水！真是的，應該先放冰塊再加水的！

「怎麼今天有空來呢？」

「喔，我今天剛好要到這附近辦事。早上見客戶，下午一點半出庭，現在正好有空……喔，還有，我換了台卡車！」丹尼爾領姜妍到窗邊看車。

「哇，好漂亮的藍色！以前那台不好嗎？怎麼要換車？」

「因為老婆要換車，以前那台凱迪拉克居然可以換兩台，卡車給我，休旅車給她。」

「喔？我不懂車，不知道那台車是凱迪拉克，還這麼值錢……那……你吃過中飯了嗎？」

「我中午都不吃的，在減肥，一天只吃早餐和晚餐。」

「喔！」不是在教中文的場合，一下子不知道要聊什麼！她看著他，比自己高出一個頭，沒什麼贅肉，減什麼肥呢？「你不胖啊！嗯……下午的案子……還好吧？我是說，難不難？」

「難也沒救了，都要開庭了！」

「嗯……你會常來這出庭嗎？」小女兒爬到他腳邊，丹尼爾抱起她，瞪大眼，用鼻尖碰一下小女兒，小女生被逗地笑起來！「呼……」他把小女兒一把翻過來，托著小女兒的肚子，像是坐飛機般轉起圈來！小女生笑得更大聲了！姜妍張開嘴，有點嚇到，丹尼爾對她一笑，把小女兒還給她，「她好輕，好像一袋空氣！嗯……我一個月總有一次出庭！不出庭的話，也要來剪頭髮。」

「大老遠開四十分鐘高速公路到這剪頭髮？」

「那家店是我小時候，我爸爸帶我去的，老闆看著我長大。不過，只剪男生的頭，小小的店面，都是熟客人吧！技術好的很，不會留一根頭髮在你肩上。店裡的老式椅子啦、老玩意啦，都還擺在那裡。」

丹尼爾看著前面電視架上新擺上去的，姜妍和她先生的合照，問：「妳有小時候的照片嗎？可以看看嗎？」

「照片都在台灣沒帶來，好可惜！下個月回去一定要帶來，不過，不能給你看！」姜妍突然俏皮起來，跟大她幾歲的男人說話，似乎可以比較隨意。

「為什麼照片不能給我看？」

「我小時候很醜，不能給你看。」

「怎麼有人這樣說自己？你們中國人太謙虛了！」

「真的！大家都這麼說。」十二月寒冬的正午，陽光暖暖地灑滿客廳，照著玄關中從挑高天花板垂下的六角燈飾，長長短短的彩虹，跳躍得滿牆滿地都是……

「妳下個月回去多久？我的中文課怎麼辦？」

「喔，我回去一個月，不好意思沒先跟你說……」

「沒關係。」

「對了！我可以錄課文給你！這樣你就有錄音帶可以聽，你下次把課本留給我。」

「好。」丹尼爾看向客廳旁的電子琴，「妳彈鋼琴嗎？」

「哈哈，我不會！是給大女兒學的。」

「喔，」丹尼爾走向琴旁，「還不錯，有五組鍵！」

「你會彈嗎？」

「小時候學過，很久沒彈了。」

「試看看吧，我喜歡看人彈琴。」

丹尼爾欠身，拉過椅子，練了兩段音階，頓了兩秒，閉眼吸氣，彈了起來，旋律先慢後快，他時而側耳傾聽，時而後仰，彈了幾乎四分多鐘，一首非常激進好聽的曲子！姜妍聽得呆了，從來沒聽過現場演奏，而且不須看譜能彈得這麼好！她一時語塞：

「你……你彈得真好，再彈一首吧！」

丹尼爾稍作停頓，又彈了兩首，同樣是快板。

「什麼曲子呢？嗯，不過，我不懂古典樂，即使你跟我說曲名，我也不會記得。」

「是貝多芬的《悲愴》跟拉赫曼尼諾夫，兩個我最愛的作曲家，不好意思，彈錯很多……」丹尼爾低頭看一下錶，「哎呀，我得走了！」他起身告辭。

姜妍送到門口才瞥見眼角的黑外套，追出門：「欸，你的外套！又忘了！」

「喔，謝謝！」黑色的長風衣，瀟灑地旋進車裡，消失在路的盡頭。只剩下這一頭的她，還在門邊看著……耳邊依稀聽得到稍早的門鈴聲和琴聲，一聲一聲地響起，配著美妙的旋律，久久不散……姜妍抱著懷裡熟睡的小女兒走向琴邊，在剛剛丹尼爾彈琴的椅子坐下，右手放上琴鍵，她閉起眼，丹尼爾像一陣清風，似乎不曾離去……

※

「瞧那個龐然大物，那叫鋼琴，保羅會彈一些，他這琴，可是我的夢想呢！」查爾斯道。

「你也能彈嗎？」鋼琴上有個彩色玻璃的小燈，照著黑白琴鍵上蝌蚪似的音符和彈琴的人、已化作樂曲的雙手和屋子裡著迷的眼神。昏暗角落裡，只看見牆上的燭臺，襯著蠟燭後的小圓鏡，閃著暗黃光彩。

「學得一些，我八歲起學琴，彈到十四歲，我很愛彈，我們家的孩子或多或少都能來一些樂器，比如我弟弟能拉小提琴，我祖母是唱歌劇的。」

巧顏側耳傾聽叮咚的琴音，心情跟著跳躍起來，查爾斯彈琴，有人順手拿起小提琴拉著，還有人在旁邊打鼓，大夥兒都很有節奏感，也忒自在，人生於他們來說是享受的。這的確是個不一樣的世界，像是查爾斯曾贈與她的一個圓形餅盒，好多人穿戴整齊散著步，看不到天空，可是能感覺到暖暖的陽光；聽不到任何聲響，可是能感覺到鳥兒在草地上啄食。她問查爾斯，在你的國家，女人可以這樣自己出來逛嗎？

「喔，有何不可，女人是極受寵的！」她聽著，勾著頭，沉重起來。

4

「我幫你錄了兩卷帶子，總共四課，夠你聽了吧？我才回去一個月。」

「喔，謝謝妳真的錄，我是開玩笑了！」

「喔，我以為你說真的，還幫你出了作業！」

「謝謝妳，我不能不看書了！」

「你回答得很對！『我不能不看書了』，但是你剛才說『我是開玩笑了』，最後不要有『了』，應該說『我是開玩笑的』。」

丹尼爾皺起眉頭：「為什麼用『的』？」

「嗯……我不是很清楚，但是通常如果有『是』，後面會加『的』。比方說，『我是說認真的』、『這是假的』。」

「喔，我知道！文法書上說，『的』後面會省掉一些字，比方『我是說認真的話』、『這是假的東西』。可是前面那句『我是開玩笑的』，的什麼呢？」

「我也不知道，我們以前其實沒學什麼文法。」

「妳可以跟我說『才』怎麼唸嗎？」

丹尼爾真個很用功的美國人，每次來上課總會在筆記本上列許多問題問她。「上下牙齒咬住，舌頭頂住上面牙齒後面，然後先發出『ㄘ』聲，要有風吹出來的感覺，把手放在嘴巴前面，有感覺有風出來就對了。」姜妍看著丹尼爾，舉起左手說：「才」。

丹尼爾也舉起左手，在嘴前練習。

「對了，沒錯。」

「妳手上為什麼沒有ring？」

「戒指？喔，我不習慣戴，不方便。」她突然想起那個馬賽克戒。

「妳為什麼不學開車？」

「哈哈，不是我不學，我學過好幾次，很多人教過我都沒成功。以前在德州，志傑教很久我都不會，他很生氣；後來搬來這裡，我有學習駕照，兩個老師教過我，有個老師帶我上高速公路，都是他抓著方向盤，一停下車，老師馬上跑出去，說我永遠都不會考過！」

「真的？」丹尼爾笑起來，眼睛彎彎的，襯著他今天的藍襯衫，眼珠居然透著藍光，

「妳也覺得妳不會考過嗎？」

「對啊，我很笨，我不敢開出停車場。」

「我可以教妳，妳不笨，妳一定會學會。」

「哈，只要你看過我開車，就不會說我不笨。」

「你想看看，等妳要學再跟我說……喔，星期六，請你們來我們家Bar-B-Q。」

「烤肉。」

「對，烤肉，還有游泳，我們家有游泳池。」

「我不會游泳……」

「水池很淺，可以玩水，小孩可以玩。」

「好啊，謝謝。」

「志傑？星期六會回家吧？他好像不是每天回家？」

「他很忙，只有今天星期三和星期六會回家，星期六他應該要上課，可是可以不去，我會跟他說。」姜妍越說越小聲，像是自言自語。

「好。」丹尼爾抿嘴笑著，姜妍被他很薄的唇吸引，在幾乎看不見的薄唇下是個向下彎、半月型的下顎，稍稍凸出，構成一種很新奇的弧度……「對不起，我不該問這個。」丹尼爾也正盯著這個褐色眼珠的東方女子看，這個中文老師不多話，總是看她一眼就低下頭，若有所思的樣子，這在美國人來說實在是個很不同的習慣，只是，丹尼爾卻覺得異常熟悉……

「喔，沒關係。」姜妍為自己剛才的尷尬歉疚地笑著，空氣中似乎飄著丹尼爾的煙味，她深深吸了一口氣。「一直忘了問，你？後來有買那方匾額嗎？」

「喔？有！可是太忙，沒時間做成桌子，到現在還靠在牆邊。妳覺得，為什麼匾額裡的老太太會受表揚呢？」丹尼爾問。

「在中國，大半老太太受褒揚是因為守寡多年，官方會為她立貞潔牌坊，親友們就送匾額。像這位張老太太，送匾額的人是她姪兒，姓王。也有可能是她的兒子當了大官，別人為她祝壽或祝賀送的。」

「可是看起來不像她的兒子有當官，因為老太太沒頭銜，倒是姪兒的頭銜長得不得了！」

「嗯，有道理，你真聰明！」

「我還發現匾額背後有一個圓形的紅色膠印，上面印著『customs permission』！」。

「通關用的？」

「對，是海關用的通關許可，有許可號809，是從大陸進口的，因為他們管制古董出口，旁邊還有這個字。」

丹尼爾把筆記本挪過去給姜妍，「欸，寫的是簡體字『鉴』，是通過出口檢查的意思，所以，是大陸對外開放後出口的，怎麼老太太的後代沒特別留著呢？這樣有意義的東西……」

姜妍抬頭看著丹尼爾，想著匾額上那個她的姓，一種奇異的感覺突上心頭。

5

幫盼盼和妹妹紮了兩條辮子，穿上紅色外套，雖然兩姊妹不是雙胞胎，可是姜妍喜歡給她們穿同色系的衣服，再加上遺傳到姜妍個頭小的基因，姐姐雖然四歲、妹妹也快一歲，卻還是很矮小，反而給人這麼小就會走路的錯覺，尤其在這個幾乎沒有亞裔的小鎮，每次出門，總能吸引眾多目光，總有老美稱讚孩子長得可愛。有一次在店裡影印中文學校需要給的作業，兩個孩子在一旁玩耍，一個老美出去又特地轉進來，跟她說：「她們兩個好可愛，一定要再進來看一眼！」

姜妍穿了件黑底小黃花的無袖連身長裙，她身材十多年來都沒變，好幾年沒添新衣了，這件其實是孕婦裝，寬鬆的衣裙可以在腰後打個結，所以即使生產完了還能繼續穿。她把女兒們的泳裝放進粉綠、有著維尼熊的育嬰袋，脂粉未施，只戴上隱形眼鏡。看看腕錶，快十一點了，志傑還沒回家，跟丹尼爾約的吃飯時間是中午，至少四十五分鐘的車程……

她懊惱地撥志傑手機，沒人接，剛剛已經留過話了！鏡裡的自己眉頭深鎖，姜妍拿出唇膏抹了一下，在臉上擦了點乳液，上點粉底，就這樣了！她沒什麼化妝品。幾莖瀏海垂下來，蓋上眼睛，她瞧見桌上的小碎鑽髮夾，輕輕地把瀏海往上夾好。

志傑還沒到家。

「盼盼，我們先出去等爸爸。」姜妍左手抄起妹妹，右手抓起袋子，鎖上門。

十一點半，志傑的車終於開進社區，看見她們等在門口，調了個頭，讓大家上車。

「怎麼這麼晚……」

「倒楣死了！都是妳一直打電話催！」志傑沒等姜妍講完就罵。

「你應該早點回來啊，每次時間都不算好！」

「妳以為我每天閒閒沒事啊？就是忙啊，妳又一直催，害我拿了張罰單！」

「啊？你超速？多少？」

「警察最爛！每次都亂講！說我超過三十英哩！哪有？」

「只要罰錢嗎？」

「不行，警察說要上法庭。」

「怎麼那麼嚴重？等一下問丹尼爾好了，我先打給他，跟他說我們會遲到，還好有理由。」

那是一層樓的平房，前院很大，看不見兩旁鄰居，對面又剛好是農地，是標準老美很喜歡的、有隱私的房子。丹尼爾開門，穿著白色襯衫、藍色牛仔褲，迎面看見的客廳和玄闢是很清亮的奶油黃，襯著廚房的嫩綠，用色大膽。

「這是莎莉，我太太；莎莉，這是姜妍和志傑。」莎莉有中南美洲的血統，稍顯豐滿，閃著一對漂亮的大眼，正忙著做蟹餅。她在圍裙上擦擦手，「歡迎歡迎，喔，小女生好可愛喔！」她蹲下，問盼盼：「妳叫什麼名字？」

盼盼害羞地躲到姜妍身後，莎莉轉向妹妹，「喔，她還在睡。」姜妍微笑，很羨慕能自在侃侃而談的美國人，她一到公眾場合就會突然僵硬，總是找不到話說；還好志傑剛好相反，已經開始跟丹尼爾抱怨剛拿到的罰單。

她偷眼看看四周，居然有不少中國東西：掛飾啦、雕刻啦、字畫啦、還有牆角那方匾額……然後是一架鋼琴，她想起丹尼爾的琴音。

晚餐除了蟹餅，還有白酒、沙拉和餐包，接下來是甜點，櫻桃派。姜妍注意到丹尼爾的兩個兒子沒吃完盤裡的食物就讓媽媽收走，等著吃甜點，大女兒盼盼也注意到了，問媽媽：「哥哥他們怎麼可以不吃完？」

丹尼爾聽到盼盼的中文，說：「哥哥不乖，妳乖。」讓盼盼很開心，回了丹尼爾一個笑臉。

走出有高高三角窗，上面站著幾支瘦高藍瓶子的客廳，是個搭了個大傘、圓桌旁有六把高背鐵椅、能乘涼的露臺，然後就是游泳池了！門外暖暖的太陽曬著游泳池上的墨綠帆布，丹尼爾拉開布，說：「這可以加速池水的溫度。」他的兩個兒子已經下水了，莎莉也換上黑色泳裝，丹尼爾手上拿了兩杯酒，遞給莎莉一杯，問姜妍：「這是瑪格麗特，妳要試看看嗎？」

「我？我不喝酒。」

「沒什麼酒精成分，很甜，試一口吧！」

她接過酒杯，嚐了一口，「嗯，很好喝。」

丹尼爾進屋，再出來時已經換上泳褲，手上又另外端了兩杯酒，一杯遞給正和莎莉聊天的志傑，然後走向姜妍，「妳怎麼還沒換泳裝？」

「我跟你說過，我不會游泳啊！」丹尼爾身上滿是胸毛，讓姜妍低下頭。

「小孩也不會游啊，玩水就好，去換吧！」

「我沒帶泳衣。」丹尼爾看著低頭的姜妍，無可奈何地攤手，這個老是低頭的東方女子！

旁邊換上泳衣的盼盼，拉著妹妹，問媽媽：「我們可以下去玩水嗎？」

「可以啊！」丹尼爾先下水，然後把妹妹放上吹了氣的浮板，給盼盼一長條保麗龍，英文叫「Noodle」的東西，要她兩手攀上「麵條」，身體放鬆，浮起來踢水，盼盼居然就這樣像游泳一樣，踢著玩起來！丹尼爾拖著上面趴著妹妹的浮板，看向池邊的姜妍。

所有人都在泳池裡玩得很開心，一旁穿著長裙的姜妍有些無所適從，她拿著酒杯朝旁邊鋪著碎石的樹林走去，把酒杯放在地上，小心翼翼地躺上吊床搖起來。她閉上眼，深吸了一口氣，好久好久沒有這樣專屬一個人的時間了，她今天特意把那只馬賽克戒戴來……

※

大姑要她到前廳來和佐仁認識一下，還在服喪期，所以沒考慮什麼，巧顏就穿了件黑底靛青滾邊的外衣出來，頭上輕挽了一個髻，脂粉未施，只沾了一下唇彩。大姑挑高的眉眼從頭到腳檢查了她一遍，她習慣極了這種眼光，上對下的那種，藉機提醒一下她的出身。

「坐罷！」大姑挑眼要她坐。

「佐仁，這是你舅媽……唉喲，我渾著哪！是叫乾娘囉！」

「乾娘好。」巧顏點了一下頭。

佐仁看起來和自己年歲相當，上次大姑說他大自己兩歲，好不容易來了個輩分低的，卻還是比她年長，大姑忙著和帳房老張問收租、支出的事，一邊要佐仁記好，幫忙照看。她也不在意，反正就這麼著，自己也不懂，也別想著偷給娘家，傻傻地過日子，旁人愛給什麼就拿什麼吧！那佐仁，倒是挺認真地聽，長長的髮辮垂到腰際……只是……旁邊還坐著一個人，穿著黑色硬得發亮的鞋子，淺灰色的長褲，沒穿褂子，露出長褲管，不是中國人的打扮，巧顏小心地抬眼看他，正好撞見那人的眼神，是個洋人哪！好深的眼睛！她趕緊低下頭去，地上那人的影子，有個尖尖的鼻子，一下子左一下子右地轉來轉去，可見不太聽得懂，挺無聊似地，巧顏低下頭，得忍住不笑。

※

「嘿，不用照顧小孩，這麼高興啊？」

姜妍剛剛似乎小寐了片刻，有點恍神，「嗯？喔？是你！」

「妳沒事吧？不舒服嗎？」

「我大概是喝了你的酒，頭有點昏……」

「喔，我去幫妳熱一杯茶！」

「沒關係，不用麻煩！」

「不麻煩，妳等一下！」

招呼客人是美國男人的事嗎？姜妍看丹尼爾忙進忙出，有點羨慕起來。游泳池再過去是個鞦韆和滑梯，兩個女兒和丹尼爾的兒子已經轉移陣地了，這個後院真大，非常適合有孩子的家庭。

「水蜜桃綠茶，希望妳喜歡。」

「喔，謝謝，你家很漂亮。」

「謝謝，我平常下班後喜歡整理院子，割草啦，修剪花木啦，這個木板陽台是我蓋的喔！吊床和碎石也是我鋪的，花了一個夏天，一鏟一鏟的把碎石鋪上去，哈哈，當作健身！」

姜妍從吊床上下來，跟著丹尼爾去車庫旁的工具間。

「這是我的地盤，全是我的寶貝！」整套的工具櫃和牆上整齊的各式工具，整理地非常乾淨，難得男生能夠如此井井有條！

「那是我種的桃樹，還有那棵蘋果樹，看到沒？」

姜妍順著丹尼爾的手勢，卻看到了主臥室旁的紅玫瑰，也是他種的嗎？高及窗緣的茂密枝枒上，僅有的一朵紅玫瑰，像是莎莉的紅唇……她彷彿記起剛才客廳鋼琴旁似乎有張椅子，有張漂亮的古董椅子，藤編的椅座、黑色的木頭框架上有金色的花紋……姜妍越過丹尼爾灰綠圈著橘光的眼，看到他身後配得正好的嫩綠草坪，看著遠處兩個女兒和他的兒子們在玩沙，突然憂傷起來……

6

中午，孩子都在午睡，姜妍在廚房準備晚飯，她聽到樓下車庫電捲門升起，志傑怎麼這麼早回來呢？忘了帶什麼東西嗎？還是又怎麼了？她繼續洗菜，有些煩悶，不想去開門，很厭惡規律被搗亂了！志傑在股票認賠後沉寂許多，兩人的話越來越少，似乎都在極力避免爭端。

「完了！出事了！」志傑鞋也沒脫就進門。

姜妍這才抬起頭：「什麼事？怎麼回事？」

志傑已衝上書房，打開所有電腦，又衝下地下室，家裡一共七台電腦，全部開機。姜妍擦乾手，跟在後面：「到底怎麼回事？」

「等一下再解釋，我先弄一些事！」姜妍垂手，她開始覺得冷，一定是工作出了問題！從前志傑唸博士，每次這樣突然提早回家，就是被教授辭了，得過一個沒獎學金的暑假，八年換過五位教授，每次總是提心吊膽，說不懷疑志傑的工作能力，是不可能的。可是，能怎樣呢？是自己的老公，批評或是跟朋友訴苦都沒面子。

志傑終於一台台關機：「好了，等一下如果有公司的人打電話來，或是來我們家，都不能說我動過電腦，記得嗎？」

「到底什麼事？」

「他們在我電腦裡發現不該有的檔案，×的！真倒楣！故意耍我！」

小孩都醒了，姜妍盡量要自己鎮定，一邊幫小女兒換尿布，一邊問：「什麼檔案？」

「公司最近在鬧病毒，請了掃毒專家，已經搞了兩個禮拜，說是從我的電腦來的，要幫我重灌電腦，所以把我電腦裡的檔案都拷貝了一份帶走當備份。其實我也可以自己弄，不需要他們來，當時我就起疑了，結果，真是幌子！他們想做的是檢查我電腦裡的檔案！今天早上老闆把我叫去，問我電腦裡怎麼會有那些檔案？多早以前的事了！我哪記得？」

「什麼檔案？」姜妍聽得毫無頭緒，又問了一次。

志傑吐了一口氣：「色情檔案，馬太太傳給我的，根本只是好玩！又不是我上網亂逛來的！」

真是晴天霹靂！姜妍打斷志傑的話：「我看過那個檔案，很噁心！那個馬太太傳的！當時我就想問你，她幹麻傳那種檔案給你？」

「妳怎麼會知道？」

「好一陣子前，你和那些太太舞聚的時候，馬太太打電話來，我接的……」姜妍深吸一口氣，再問：「你怎麼跟你上司解釋呢？」

「我說我不記得了，是別人傳給我的，他們又問我其他檔案。」

「其他檔案？」

「其他類似的檔，我也不記得啊！」

姜妍終於按耐不住：「你怎麼不殺掉呢？那個馬太太是何居心啊？你們到底在搞什麼？到底會怎樣啦？說清楚好不好？」小女兒被她一叫，哭出來！「盼盼，去陪妹妹玩！」姜妍轉頭塞了個玩具給女兒。「你剛剛又開電腦又關電腦是做什麼？」

「我想試改電腦時鐘，我可以謊稱存檔時間是更早以前，在我還沒去上班的時候，因為我曾經灌了一些舊檔案進去，那時沒注意一起灌進去的。」

「可是這樣不是越描越黑？不要說謊吧！還有，你現在怎麼可以回來呢？你同家老闆不知道嗎？」

「是老闆要我走的……」

「什麼？你被開除了嗎？」

「一大早老闆叫我去收拾自己的東西，還叫同事在旁邊看著，以免我拿了公司的東西，像防賊一樣……」

「這麼嚴重！怎麼這麼嚴重？」姜妍變成喃喃自語。

「老闆說我公器私用、逛色情網站……最近公司盛傳排華，我覺得是種族歧視……」

「沒辦法挽回了嗎？」

「其實，正式公文還沒下來，老闆說，在家等候調查後的通知，大概十天。」
「我們的綠卡還沒下來，怎麼辦？趕快再找工作來得及嗎？得回台灣嗎？」
「想這麼多也沒用，只有等了！」志傑往沙發上一靠，打開電視。
「找人問問吧！我不要這樣乾等！同事！資深一點的同事！可以換部門嗎？還是，對！找丹尼爾！看公司可不可以這樣就叫你走？算不算種族歧視？對！打電話給他！打啊！試試看！試試看！打啊！」姜妍哭了出來！

7

丹尼爾要姜妍先別緊張，約了時間，請志傑帶出事的檔案去他的事務所談，看看有什麼可行性。

姜妍哭喪著臉，她不方便跟去，得在家帶孩子，這種事也不好讓朋友知道，只能獨力處理，省得丟臉。她照常煮飯帶小孩，可是綠卡？綠卡最近剛過第二關，也就是申請轉換身分核准了，下一步就是辦卡，但是沒雇主了，可以繼續嗎？她打電話去問移民律師。

「小姐，不行喔，沒工作就不能繼續辦。」他們找的是會講中文的移民律師，律師從台灣來，助理聽起來是大陸人。

「我可以跟律師談嗎？」

「他不在，但是這種案子我們看多了，不會過關的。」

「沒別的辦法嗎？我們剛繳了第三關的錢……」

「簽約的時候就講了，得要有工作，丟了工作又不是我們的錯，你們要繼續待美國，只能趕快再找工作接下去辦，即使這樣，移民局問起來，還得告訴人家為什麼換工作？工作性質也不能變。」

「那現在？」

「現在我們無能為力，等你們再找到工作再說了。」

志傑說，十天內公司會有正式決定，過了今天，只剩九天！她來回踱步等志傑回家，希望別接到任何公司的電話。

電話聲響，姜妍跳起來！「妳好，我是丹尼爾。」

「你好，志傑？應該到了吧？」

「他已經走了，我想先跟妳說明一下，可以講英文嗎？」

「好，可以。」

丹尼爾用英文慢慢解釋：「我剛剛不想跟志傑講得太直接，當場讓他太失望。情況不是很好，首先，在馬里蘭州要告雇主沒那麼容易，這裡不像加州，加州是勞方天堂；再者，告什麼呢？種族歧視？不太可能，因為美國人不會歧視亞洲人的能力，美國人都覺得亞洲人勤勞聰明，很少有不滿意亞洲人工作態度的案例。年齡歧視呢？很不巧，志傑不到四十歲，不能告雇主故意開除年長者。然後就是開除原因，我在志傑到之前，打了電話去他公司，要求仲裁委員會介入。裡面的律師跟我聊了一下，他們其實已經盯志傑很久了，對他的工作表現非常不滿，這次只是抓到實證，而非純粹雇主對員工的私人偏見。我也看了出事的檔案，妳看過嗎？」

姜妍不太願意回答這個問題，「我看過。」

「任何人看到員工在工作時存這樣的檔案，都會質疑員工的工作態度！更何況不得逛色情網站還明文列在員工手冊上，志傑又想圓謊，這點，對方律師也看得出來，告起來不會贏。」

兩人在電話裡空白很久，姜妍嘆口氣：「你的建議是？」

「我想到你們還有居留問題，綠卡出來了嗎？」

「沒有，移民律師說沒希望繼續辦下去了。」

「志傑走後，我查了一下移民律師資料，找到一家看起來不錯的事務所，他們說有希望，我已經約了明天早上十點三方通話，對方是大事務所，半小時計費一次，一次一百五十美元。我想，到時由我出面解釋狀況，可以盡量簡短省時，因為畢竟是英文，你們聽就好，需要回答細節問題時再回答，比較省錢，可以嗎？」

「可以，謝謝你。」

「另外，公司方面我已經跟公司律師要求，不會把此次開除的原因備檔，就說是自己請辭，這樣以後再找工作比較不會有麻煩。」

姜妍很感激丹尼爾設想周到，「所以，不可能再回去了？」

「應該是不可能，過幾天志傑應該會收到正式開除的信。」

「其他部門呢？志傑其他部門有主管朋友……」

「我想內部會有風聲吧！找別的公司比較有勝算。」

「好，我……我知道了，再見。」眼淚不爭氣地滑下。

「再見。」丹尼爾等了一會，姜妍還沒掛電話，「妳還好嗎？」

「喔！喔，我還好……」

「別想太多，想也沒用，明天再說吧。」

「好，好。」

「那我掛電話了。」

「好……」姜妍有著濃濃的鼻音，丹尼爾嘆口氣，掛了電話。

女兒們圍過來，吵著要聽故事；樓下車庫電捲門的聲音適時響起，姜妍偷偷拭去淚，看著她們，打開電視，孩子們很快就安靜下來。志傑回來了，她閉起眼，在心裡數著，數到三十，聽到志傑關車門上樓的聲音，張開眼，看他脫外套、把文件往桌上扔、坐進沙發，跟孩子一起看電視。

姜妍等著，等到廣告時間，「丹尼爾打過電話……」

「他說什麼？」志傑應著，眼睛還盯著電視。姜妍瞄了一下，是手機廣告，她注意到志傑的嘴角上揚……很佩服他現在還能臨危不亂。

「他說別抱太大希望，明天約了早上十點跟移民律師三方通話。」

「還有呢？」

「我問換部門有沒有希望？他建議找別家公司……」

志傑轉過頭來，切斷她的話：「我是不是也這樣跟妳說過？妳聽進去了嗎？我說的就是放屁？別人說的就是聖旨？告訴妳吧！我早就在懷疑都是因為去年妳回台灣沒帶老大回去引起的，從那時候開始，祕書就不喜歡我，打我小報告！即使後來我沒再帶老人去上班，把她送褓母，可是印象已經差了，太晚了！」

姜妍突然被志傑說成禍首，萬分不敢置信！「我當時問過你可不可以只帶小女兒回去啊？我也要你去問老闆，你說可以。」

「當時是說可以啊，可是誰知道他們美國人說話不算數！」

「你怎麼知道是因為這樣？那是去年的事了，他們也沒馬上要你走！少汙賴我！」

「妳沒去上過班懂個屁啊！祕書後來講話就很不客氣，其他人都拿了一個新手機，就我沒有！」

「講話小心一點，別在小孩面前講髒話……」

「對！就是妳懂！妳行！什麼事都得聽妳的！現在呢？搞成這樣！妳去找工作好了！」女兒被爸爸突然變大的聲調嚇哭！跑來抱著媽媽。姜妍沒心情哄孩子，馬上回嘴：

「你在說什麼？莫名其妙嘛！出事到現在我抱怨過你沒有？不是一直都在想辦法解決問題嗎？你老是把過錯推給別人是什麼意思？失業也能跟我扯上關係？你有沒有責任感啊？」

志傑跳起來！逼近姜妍！有一瞬間，姜妍以為他會打人！「我是沒有責任感！妳想怎樣？告訴妳，不要逼我！」姜妍全身發熱，卻也沒畏縮，一字一句咬著：「我恨你！恨你！你去死！去死！」

志傑拿了外套、鑰匙，轉頭瞪她：「好，記住，這是妳說的！」

一聽到摔門聲，姜妍就崩潰了！抱著女兒哭起來。貧賤夫妻百事哀，就是這樣嗎？為什麼每次都這樣吵？對事情一點幫助都沒！夫妻到了彼此像是敵人的對待，每天都是折磨，可是接近十年的婚姻生活，已經把她豢養成一株植物，走不出去也沒有獨生能力，她只能靠天吃飯，天災人禍，都無法拒絕。

8

跟移民律師的通話沒有想像中難，丹尼爾在約談前半小時就打電話進來，解釋將和移民律師描述的重點，然後模擬律師可能問的問題，讓姜妍有心理準備。

「沒問題，這種案子我們辦多了，我現在就幫妳轉櫃檯，讓妳約見面填表格的時間。」三方通話結束，移民律師答應接案，讓姜妍高興了一下，至少居留問題解決了，她趕快跟移民律師掛了電話。

「剛剛沒機會問，志傑不在嗎？」丹尼爾還在線上。

「他不在，說好會回來的，可能有事耽擱了。」姜妍撒了個謊，夫妻吵架總不是光彩的事，她不想讓外人知道。

「那，剛剛跟移民律師約好的見面時間不能耽誤了，祝妳好運！」

「謝謝。」

姜妍拿著電話發愣，真是很謝謝有丹尼爾幫忙，牆上青綠山水的長軸揉進灰黑，成了丹尼爾的眼神，灰綠中夾著橘黃霞彩，像黃昏湖面上的清朦……手上的電話嘟嘟響起，才發覺忘了掛了！回手掛上電話，電話居然馬上大響，嚇了她一跳！

「我撞車了！」是志傑！

「你在哪裡？」

「維吉尼亞州。」

「跑到那裡去幹麻？車子呢？你呢？有怎樣嗎？」

「我沒怎樣，租來的車子全毀，警察剛走，開了一張罰單。」

「什……什麼！為什……為什麼是租來的車子？還開你罰單？」姜妍克制不住慌亂，問得零零落落。

「我們的車子有點問題，我送去修車廠，所以另外租了一輛車，還有……我超速……」

「怎麼又超速？開的是超速罰單嗎？現在怎麼辦呢？」

「警察已經幫我找了拖車，等一下會把車拖走，我再坐計程車回去。」

「錢呢？現在哪有錢付拖車？修車？那租車公司呢？」

「妳就只會想到錢嗎？也不關心我怎樣？」

「你剛才不是說沒事嗎？」

「算了！不想跟妳扯了！還有，我不想跟租車公司說，他們一定會罰，像妳唯一擔心的，錢！我想自己找個便宜的地方修好還車，假裝沒出過事。」

「不行吧？警察都來過了，一定有記錄，再說，什麼時候得還車？哪能這麼快就修好！」

「再說吧，拖車來了！」

「等等，那你……」志傑已經掛了電話！姜妍呆坐著，頭開始痛起來，一陣一陣抽著，像心跳的韻律，右額上的青筋微凸，感覺要暴跳出來！她忍不住拿手按著。

「媽媽，我愛妳！」大女兒大概是從學校學來的吧，知道這樣說能讓人開心。

「媽媽……」小女兒也想學，攀坐上來。

姜妍拿起電話又放下，找誰呢？誰能幫她呢？他媽？這段日子，她總是想起丹尼爾，正如她的浮木。

「你好，是我，現在有空嗎？」

「有，什麼事嗎？」

「志傑他……他撞車了！」姜妍哽咽，接不下去。

「慢慢說，」丹尼爾改用英文：「他撞車了？怎麼回事？現在人在哪裡？」

「在維吉尼亞，他開車超速，車子全毀，不過，是租來的車子。」姜妍也改用英文。

「好，先別慌，他通知租車公司和自己的保險公司了嗎？」

「沒有，他不想通知租車公司，想自己找地方便宜修。」

「這樣不行！那不是他的車，只有租車公司有權利找修車店，他租車時有買保險嗎？」

「我不知道……」

「妳可以聯絡到他嗎?叫他不能自己修，要趕快通知租車公司，然後聯絡保險公司，可能有聯保租來的車。」

「謝謝你，我知道了。」

「還有，他是跟別人撞嗎?警察有開罰單嗎?」

「我不知道有沒有跟人撞，但是警察開了罰單。」

「妳知道罰單上寫什麼嗎?」

「我沒問，他說他超速。」

「通常如果超速，要看超速幾英哩?十英哩以內只要罰錢就好，超過二十就比較嚴重，得上法庭，跟上次一樣，但是這是他短時間內第二次超速，也可能被扣押駕照……妳?聽得懂嗎?」畢竟許多法律名詞，他得慢慢用很簡單的英文告訴姜妍，兩人的師生角色突然互換。

「聽懂了，我會問他。」

「有問題馬上再打電話過來，家裡也行，別擔心。」

「謝謝你。」

「不用客氣。」丹尼爾改用中文作結語，讓她覺得很親切，再大的困難都減輕不少。

她掛了電話，坐下，撥志傑手機，不通，再撥，兩個女兒乖乖地畫圖看書。她再撥，留話，隨便炒了兩樣菜給孩子吃。天黑了，女兒們上床，月亮在窗外升起，她終於聽到車庫開門聲。

等待久了讓人痳木，所有的愛意恨意都會漸漸變冷，就如桌上的殘羹冷肴。姜妍盯著電腦，沒有下樓的打算；樓下志傑把鑰匙甩上餐桌、開電視、拉開椅子、微波、碗盤碰撞聲……也聽不出有上樓的打算。她看了一下腕錶，十二點四十，明天一大早小孩要上學，她嘆口氣，走下樓。

「今天跟移民律師談得不錯，已經約了時間去填表遞件。」

「嗯。」

「撞車的事，我打了電話給丹尼爾，他說不能自己修。」

「我知道，沒有修車店肯修。」

「他說要趕快通知租車公司和我們的保險公司。」

「我知道，明天再說。」

「你沒聽到我的留言嗎？怎麼都沒回？」

「手機沒電了。」

「他還問罰單上寫什麼？超速幾英哩？是跟別人撞嗎？」

志傑現在才轉過頭，看她：「妳一直打電話給他幹痳？他很行，什麼都知道？我就什麼事都得靠他幫忙才過得去嗎？」他再回頭盯著電視：「我沒跟人撞，是不小心撞上旁邊的護欄。我問警察了，他說不能只繳錢，要上法庭。哼！真倒楣！還得再去那個倒楣的維吉尼亞州出庭！」
「……」姜妍沒再問話。
「我覺得我沒開很快啊！那警察亂誣賴！說我超速二十五英哩！笑話！」
「……」
「也不知道要不要找律師？還得多花錢！什麼鳥年嘛！今年不是妳的本命年嗎？奇怪了，倒楣倒到我身上來！狗屎年！犯沖！」
姜妍瞪著盯著電視的志傑，臉上的眼鏡滑下來，她推好鏡架，看到志傑嘴角上的飯粒，想到噁心的色情影帶，突然好恨眼前這個人！猛地轉身上樓，走了兩階，想起丹尼爾要她問的問題……
「你租車時買了保險嗎？」
「沒有。」
姜妍冷了半截！已經失業了還撞車，又沒有買保險！哪來的錢還呢？這世界？是在跟她開玩笑嗎？她再下樓，找出自家車的保險，丹尼爾說，可能會有聯保租車險……好不容易找到條文，可是有但書：出事地點必須離家九十英哩以上。怎麼有這麼奇怪的規定呢？誰知道離家多遠呢？
她清清喉嚨，再問：「你撞車的地方多遠呢？我是說大概開了多久？」
「我怎麼知道？」

「你怎麼就這樣無關緊要？出事也不管！可以請你把電視關掉嗎？你總是讓我覺得孤立無援！你到底……」姜妍看見電視旁，漆黑窗玻璃上自己的投影，頭髮凌亂、寬鬆衣褲……突然呆了！對這樣的人，生氣有用嗎？他依然看他的電視，置身事外，自己倒成了個跳樑小丑！

姜妍走進小孩房，兩個女兒擠在一張單人床上，她睡另一張單人床。本來是給女兒一人一張床的，可是她們老喜歡擠一起，空下來的床反倒成了姜妍的。自從上次大吵，姜妍負氣睡小孩房之後，再要回去，如同隔山，兩人都跨不出去。

9

一大早，大女兒上學，姜妍餵飽小女兒，邊陪她玩邊整理客廳。志傑的外套扔在沙發上，要問他問題，不如自己找答案。她翻開口袋，掏出罰單、租車收據、計程車收據、拖車收據和其他零零落落的樂透彩卷，罰單上寫著「reckless driving」，什麼意思呢？字典上說是「莽撞駕駛」，很嚴重嗎？上面還有出事的地點、需要去的法庭……等一下打電話給保險公司，應該用得上。

「抱歉，小姐，出事的地點少於九十英哩，我們不負責。」

意料之內的答覆，連日來的噩運已經讓姜妍不抱任何希望，她把其他收據收好，瞥見租車收據上用的是美國運通卡……好像，好像，印象中對租車有很多保障，試試吧！

「請問租車時，您有加保租車險嗎？」

「沒有。」姜妍很沮喪地回答。

「很好，如果沒有，我們公司會全權處理，您不必負擔任何費用。」

「什麼？真的？謝謝你！」聽來很不可置信，像是電話錄音說你中到大獎一樣！

她喜出望外，第一個想到要告訴好消息的是丹尼爾，他昨天下午打了好幾通電話來問志傑回來沒。

「我是姜妍，有個好消息！運通卡會付撞車的修車費用，我們不用擔心。」

「真的？我是聽說過，還以為只是騙人的招數，沒想到會真的有用。志傑……他回來了嗎？」

「回來了。」

「罰單上怎麼說呢？」

「說是『reckless driving』，我不知道是什麼意思？有多嚴重？」

「天啊，那是最嚴重的超速！可以判到坐牢或是吊銷駕照！」

「那？我們需要找律師嗎？」

「當然！可惜跟上次一樣我不能當他的律師，因為是外州，但是我會幫妳找可靠的律師。」

「謝謝。」人情似乎越欠越多。

「志傑……他這次出庭，我不建議他自己開車去，因為如果法官判吊銷駕照，是當場生效的，不能再開車回來……」丹尼爾嘆口氣：「我先幫他找律師，請他跟律師約時間，然後告訴我，我會來載他。」

「這樣太不好意思了！他可以……可以……坐計程車……」姜妍答得吞吞吐吐，現在的經濟情況，連拒絕朋友幫忙的本錢都沒有。

「別客氣，這是我唯一能幫的。」

「非常謝謝你。」

出庭被排在三個月後，這段期間風平浪靜，沒再有事。姜妍經朋友介紹，當褓母幫人帶半歲大的嬰兒，正好跟小女兒玩，每個月有五百五十美金的收入，加上丹尼爾的家教九十元，中文學校一百八十元，總共八百二。志傑天天跑圖書館，看書找工作，後來又說服姜妍，讓他繳一筆錢學新的電腦語言。

「多學一點總是投資，能找的工作也多，妳其實也該去學電腦，老在家帶小孩能賺多少！」

「現在你沒收入，我賺的也不多，能付你的學費已經很了不起了！哪還能讓我去學東西！」

「算了，不想再跟妳說，眼光要放遠一點！我走了！」

姜妍探頭，看了一下窗口，清晨六點，丹尼爾正好在約定時間到達，這次開的是金色的休旅車，穿了件黑色長風衣的丹尼爾走出來……她想起上次丹尼爾穿全套西裝加風衣的樣子……志傑剛好走下樓去，丹尼爾遞了一根煙給志傑，兩個男人在吞吐間狀甚愉快，他們在聊什麼呢？出庭嗎？怎麼能一點都不緊張？她看得呆了，丹尼爾突然在這時抬頭，姜妍趕緊躲到窗簾後。

風波暫時過去，律師要了五百美金，另外繳給法院一百。還好沒有吊銷駕照，也不用坐牢。丹尼爾送志傑到家就走了，姜妍做了一桌菜。

「怎麼沒請他進來呢？我做了晚餐。」

「妳以為別人都不用上班啊？他沒老婆嗎？」

姜妍平白被說嘴，心裡很不是滋味，最近兩人說話總是帶刺，有形無形地，丹尼爾倒成了導火線，每到這裡，姜妍就會退讓，她不想讓丹尼爾為難，即使丹尼爾根本不知道自己居然被捲入戰火！

志傑失業的事，只有丹尼爾知道，家人和朋友都不知情。每天，志傑照樣出門，但不是去上班，而是去電腦補習班上課。姜妍則趁孩子午睡時上網，幫志傑投履歷表。電腦軟體工程師的工作機會很多，工作網的搜尋一出來就有上千筆條件吻合的工作，姜妍可以很快地把履歷貼上送出，一家公司花不到一分鐘，孩子午睡的一個半小時內，至少可以送出一百份履歷。然後就是等著接電話，謊稱先生上班去了，不在家，以便記下電話，讓志傑到家回覆。

第一個月接到的電話還很多，也有面試的機會，多半是獵人頭公司。負責人會準備一張公司可能問的問題，也會教導回答技巧，甚至透漏可要到的薪水數字，讓志傑覺得信心滿滿。可是，兩個月、三個月過去，面試過的公司沒動靜，獵人頭公司也放棄以後，家裡的氣壓更低。

志傑看她總在電腦前打字，滿臉嫌惡：「妳就是這樣不切實際，寫作能賺幾個錢？要妳也去學電腦語言，就是不肯！要幫忙家計，就去找個錢賺得多的事吧！」

她回瞪志傑，不想跟這種人理論。結了婚有了孩子，什麼都得認命，能獨立自主才重要。寫作沒有固定收入，無法糊口，的確只能是有錢有閒人的消遣；可是，她自知不是學電腦的料，況且還得先投資上課。那？就先去餐館吧！一小時八塊半，能賺多少是多少，出去了，就有機會。

10

「妳不要一直站在這裡，廚房的人進進出出，很危險，妳回家吧！沒有經驗做不來的，回去吧！」

姜妍僵著尷尬的笑臉，儘量挪著瘦小的身軀往門邊站：「可是……老闆要我在這裡看看……」

「妳看也看過了，回去吧！不要在這裡浪費時間了！」她垂下眼，踩著被人丟在地上的自尊，默默地走回門口。那裡，老闆和老闆娘繼續忙著各自的事，沒人搭裡她。

姜妍想著家裡的兩個女兒，和剛丟掉工作的志傑，僵硬地再次涎起笑臉和老闆娘搭訕：

「是不是每個服務生有自己的區？我們要輪流分配客人給她們？」

「對啊！但是看餐臺還是比較簡單，帶位複雜多了！」老闆娘一面說著，一面堆著笑臉，蹬著高跟鞋，逕自帶客人找位子去了。

姜妍低頭看著自己稍嫌不夠俐落的長裙，剛剛急著出門，連口紅都沒擦，唉！也不只是口紅，也許正是這張沒化半點妝的臉，讓人第一眼就覺得寒酸！還有這直髮，和老闆娘自然盤起的捲髮一比，不用猜，就是一副下人的模樣！做不得門面，怪不得老闆到現在都沒正眼瞧過她。

「是不是我來以後，自助餐臺那裡就變成三個人在做？」姜妍仍然不死心地找話問。

「沒有，還是兩個人，就只需要兩個人。」老闆一面答謝客人，一面回答。那笑容，是給客人的。

姜妍繼續僵著笑，臉頰撐得微微痛起來，連收回去都稍嫌不自然，她不知道自己還能撐多久？

「是不是今天先讓我試試看，請個小姐帶我？」

老闆繼續答謝客人，「歡迎再來！」彷彿沒聽見她的問話。她想，難道連在餐館打工都這麼難嗎？還是，過了三十歲，尤其是當了母親的女人，就已經沒了市場價值？只是，她早已失去斷然放棄的勇氣，像腳上這雙舊鞋，想丟掉，還是又磨蹭半天，偏偏不曉得，自己怎麼今天又把它給穿來？

「妳去餐臺那邊，跟那個沒穿圍裙的小姐做做看吧！」老闆看著餐臺說。姜妍一下子沒回過神來，抬眼看了看左右，想是跟自己說話吧？她看著頭抬得高高的老闆問：

「是那位嗎？好，我過去了！」有事做真好！即使只是來學打雜的。

姜妍小心翼翼地，跟著那位小姐走進廚房。

「把這盆菜端出去吧！」那是一盆炸魚排，她快手快腳端起來，沒戴手套的手，被燙得險些鬆開，她倒吸一口氣，摔不得！這盆菜可摔不得！她想起新婚時，做好第一道菜，才一端起，便因燙手而把它摔在地上，新買的盤子，就這樣少了一個！這回可摔不起了！她用手臂撐著盆子，再用身體去頂開通往餐廳的門，可是，卻怎麼也推不開，唉呀！怎麼會這麼笨呢！她緊張地更加用力，才想到自己是不是推錯門了？趕緊閃到旁邊，欸，還有個門，剛剛那小姐用腳一踢就開了，她沒敢嘗試，還是小心地用身體頂開，還好，總算出來了，然後呢？菜放哪呢？她一排一排地找，走到底了都沒看到炸魚排，再看一次吧。正高興找到時，另一位小姐衝她說：

「還是我來吧！」她來不及謝，手就空了。

這是個人人喊忙的地方，空著手總是讓人緊張。姜妍趕緊再進廚房，這次可別再推錯門了，餐臺上等著上菜的是蟹腳，這容易，這是樣最熱門的菜，總是有一大堆人等著取。她馬上找到位置，只是，還剩不少哪！怎麼加呢？客人這會兒全都自動散開，等著她加菜，還是加吧！她拿起夾子，怎麼拐手得很？以前來吃飯時，總能俐落地一次夾好幾隻，現在夾子卻和蟹腳纏得難分難解，索性放下夾子，整盆倒下去，下水餃似地，湯汁濺得到處都是，她抿嘴跟客人笑笑，客人們回她個諒解的笑，這些老外，其實還挺親切的。

姜妍來回走了幾趟廚房，也不過就這麼回事嘛！熟了就好。

是啊，日子也不過就這麼回事嘛！習慣了就好。

她想起那年夏天，老二即將臨盆，她大著肚子，不但得幫先生上網找工作，還得蹲在地上剁雞腿，準備給自己坐月子時吃，沒家人來幫忙，凡事都得自己來。

那樣一個悶熱的午後，為了怕吵到午睡的大女兒，姜妍得把菜板放在舖著厚厚報紙的地上，舉著菜刀又狠又準地剁那要死的大雞腿，不狠就剁不開，會反而弄得骨肉模糊！她瞪著雞腿死命地剁，還真越來越順手了，每一支剁成四份，十份裝成一小包。姜妍一邊俐落地剁，肚裡的孩子也一下一下地踢，她心煩地按按肚子：「怎麼還不出來呢？再拖下去，爸爸就沒有學生保險了，這孩子！」

姜妍丟下菜刀，吃力地爬起來，也不顧還喘著氣，匆匆洗好手就去爬樓梯，賭氣似地！一階一階，子宮還是沒有半點收縮的意思！她累得氣喘腳痠，越爬越覺得自己怎麼要這般委屈？為什麼就要這麼想不開？沒保險就沒保險嘛！幹麻這麼為難孩子？

這些在當時，當時年輕時，總能很自然地接受、面對，沒想過要掉淚。而現在，志傑突然失業，姜妍雖然還是幫著上網找工作，自己還在家幫人帶小孩、教中文，可是卻越來越力不從心，常常淚眼模糊地看著兩個女兒發呆，過去總總，像放電影似地一幕幕出現，日子在過，怎麼心情就這樣過不去呢？

11

她開始晚上到餐館打工。不會開車，所以得由志傑接送，孩子也跟著來去。每晚十點下工後，看到後座孩子熟睡的面孔，就覺得愧疚，如果自己會開車，孩子也不用跟著奔波。

丹尼爾還是來上課，每次來總帶餅乾糖果給女兒；志傑前公司的老中同事也漸漸聽說失業的事，會在拜訪時帶些蔬果食物；姜妍厚著臉皮，把志傑堆在車庫未拆封的電器拿去店裡退，又拿回八百美金。

「最近利率很低，妳要不要做重新貸款？這樣每個月的房貸可以少付一些，我可以免費幫妳過戶，妳先去跟銀行問費率看看。」丹尼爾建議。

「喔，好啊，謝謝你！」

姜妍於是跟貸款銀行換成十五年的約，每個月的房貸幾乎少了一半！正商量請銀行傳真資料給丹尼爾的事務所時，銀行小姐問：

「剛剛妳先生打電話來要多貸一些錢，這樣每月貸款金額會多一些喔！」

「不可能吧？他沒跟我說啊！可以拿掉嗎？今天晚上律師就要拿來給我簽字了。」

「好，我可以拿掉，沒妳簽字也過不了，如果五點下班前有變化再跟我說。」

姜妍掛掉電話，心裡很不是滋味，因為志傑失業才要做重新貸款減輕負擔，現在他又從中想多借錢，還不事先跟她商量！還好銀行有跟她確認。

七點，丹尼爾在上課前準時把貸款文件帶來，志傑也特地提早回家，三人在客廳的沙發上坐下，姜妍坐在兩人中間，右邊是丹尼爾，左邊是志傑。

「這是貸款金額和銀行的手續費、貸款需要付給政府的費用，所有費用全部加進本金，再算利息……」

「等等，貸款金額不對！」志傑打岔，「我有跟銀行說要多借兩萬！」

「嗯？我沒看到多借的金額，銀行忘了嗎？」

「我明天再打電話去銀行改！」

姜妍低下頭，慢吞吞地說：「銀行小姐今天有打來問我，我說我不知道這回事，請她拿掉那兩萬……」

「妳怎麼沒問我？」志傑拉高嗓音。

「我？你也沒跟我問啊！」姜妍也不顧丹尼爾在場，跟志傑吵起來！

「嗯，」丹尼爾看看姜妍，跟志傑說：「通常貸款金額不多的話，如果要多借，銀行會有特別程序和文件需要雙方簽字，也許因為姜妍在電話確認時回答不願意，銀行就不能借吧？」

志傑轉頭瞪了姜妍一眼，才不甘不願地簽字。

如此省吃儉用，白天當褓母，晚上在餐館打工，週末去中文學校教中文，熬了半年，志傑終於因姜妍在中文學校教書的副校長介紹，而找到工作，結束跟家人朋友撒謊躲藏的日子。

12

經濟稍做改善後，姜妍辭去餐館的工，但當褓母和教中文的兼差沒變，另一個沒變的，是兩人的關係，一樣分房，一樣有各自戶頭，彼此只是名義上的夫妻。

某天午後，門鈴響起，門開處，姜妍以為是剛下班的志傑。

「喔，小雅，請進。」是志傑補習班的女同學。

「我到早了！怕他等我！可以幫我搬一下電腦嗎？」

「好，好。」姜妍放下手上的孩子。

搬完電腦，小雅又零散地搬來螢幕和一堆零件。「對不起吼，佔用妳老公的時間了！」

「他……沒跟我說妳會來？」

「喔，大概忘了吧！妳知道，他那記性喲！」聲音很甜的女孩，一講話，眉眼都跟著笑起來，輪廓像西方人一樣深，眼睛很美，姜妍在心裡忍不住讚嘆。

樓下車庫的門開了，志傑回來，兩個無話聊的女人相看一眼，都鬆了口氣。

「喔，妳來了？等一下一起吃晚飯吧！」志傑踢掉鞋子，攤在沙發上。姜妍有點吃驚，要留下來吃飯嗎？她沒多準備飯菜！可是又不便在客人面前顯出錯愕。

「欸，不好意思啦！我早準備好料來了！知道你愛吃牛排，哪好意思還讓你太太忙咧，你幫我裝電腦，我就來煎牛排解你的饞囉！」小雅在志傑肩上敲了一記，很久沒笑的志傑笑了。

「那晚餐就交給妳了！我那老婆啊，做飯總是少根筋，又懶得花功夫學，老做些懶人菜，今天撿到便宜，連做菜都免了，她才高興咧，哈！」

該高興嗎？姜妍平白被虧得不是滋味。

「媽媽，妳可以來幫我看這題怎麼寫嗎？」剛上一年級的女兒拿著學校作業問她。

姜妍蹲下身：「嗯，題目說：母親節到了，寫三句謝謝媽媽的話。」

「媽媽很漂亮！」女兒天真地答。

姜妍笑了：「不是，不能這樣寫。要寫三件媽媽做過，讓妳很高興的事。」

「對啊，而且這樣寫也不對，是在說謊！」志傑和女同學相視大笑！女兒一臉霧水，姜妍轉身把女兒帶出廚房，索性不幫忙了。

晚餐很豐盛，牛排、通心麵、蒜麵包、海鮮湯，還有一瓶紅酒，小雅和志傑坐一邊，姜妍坐在兩個女兒中間，幫忙餵食。

「怎麼樣？我牛排煎地剛剛好吧？嚐一口看看……」小雅在自己盤裡切了一小塊牛

排，往志傑口裡送去……姜妍錯愕！可是看當事人都無事一樣，不想把自己變得太不上道，才轉頭，就看見志傑正張口吃掉血紅透嫩的牛排！

「好吃吧？學姊啊，疼老公就是要這樣嘛，老公也才會疼妳啊！吵有什麼用呢？」姜妍苦笑，小雅大概是多喝了點酒吧？自己不敢喝，反倒從來就不曾如此隨性說話，因此僵硬得令人生厭。

飯後，姜妍邊洗碗邊看志傑和小雅有說有笑地測試電腦，小雅不小心撞到志傑的頭，咯咯笑著捶打志傑。姜妍擦乾手，哄孩子上樓睡覺。她瞪著天花板，怨氣漸增，等樓下稍靜下來，她下樓，小雅正好也要走了。

「謝謝學姊啦，志傑掰掰！」白色的連身裙掃過門邊，志傑關上門，臉上的笑容還在。

「你怎麼沒先跟我說她要來？」

「又沒麻煩到妳！人家不是自己帶了飯菜來嗎？」

「不是這麼說，客人要來，我總是得準備一下，還有，她幹麻餵妳吃東西？又怎麼知道我們之間的事？」

「她不是說了嗎？妳總是一講話就像在教訓人！想要我怎樣？」志傑大聲起來。「老是小鼻子小眼睛看事情！妳倒是想想去學學電腦才實際吧！妳看人家，本來還不是學文，現在都考上ＳＡＳ執照，剛進了我們公司另一個部門，妳怎麼死也不肯去學電腦啊？我不是就因為改行，才找到工作的嗎？幫幫忙吧！」

「我教訓人還是你教訓人？別再提學電腦，死了心吧！我學不來！」

「沒有學不來的！電腦也有只要會機械指令的，像資料管理啊！妳就是懶惰！」

「孩子小，自己帶放心，我不贊成送托兒所。再說，我在家幫人帶孩子，多少也有賺點錢……」

「孩子就是因為給妳帶，才跟妳一樣膽小！什麼事都不敢試！還有，賺那點錢能活嗎？妳怎麼就不能實際一點？」

「跟你說了我不放心！你失業那段時間，還不就靠我賺那一點錢！」姜妍低下氣，「我希望有時間寫作……」

「那我呢？我可不可以也去做我喜歡的事？不用去上班賺錢？我為什麼不能有夢想？」

姜妍無言，他說的是很對！這是個在婚前不要她去工作，要她婚後留在家裡、以家為重的初戀男人，當時的甜言蜜語被現在的平權取代，真實而殘酷。

志傑看她沒答腔，又一付失魂落魄的樣子，提上來的氣無處發洩，隨手把廚房流理台上的一串香蕉往水槽裡摔，「她要我明天下班去教她一些工作上的事，我正好也要趕程式，今天晚上睡公司，先走了！」說完向門口走去，盼盼下樓追著問：「爸爸你為什麼把香蕉丟掉？」原來兩個女兒還沒睡著。

「因為香蕉壞掉了！」志傑回頭冷冷地對姜妍說：「趁妳年輕，趕快去找別人吧！」

姜妍終於回過神：「你說什麼？要離婚嗎？我年輕嗎？我跟了你有十年了，現在都三十幾了，你為什麼不早說？」她擋住門，不讓志傑出去，志傑一手把她拉開，她硬擠過去壓住門：「為什麼吵架都不解決問題？一味逃避？」姜妍使勁吼著，右手拇指因為天冷，乾裂出一個口子。

「因為解決不了問題，只是浪費時間。」志傑不急不徐，從口裡緩緩地吐出字，他知道怎麼激她鬆手讓開門。

「你認為我喜歡浪費你的時間嗎？好，大家都不用再浪費彼此的時間了。」她大吼，看著志傑開車出去，全身忍不住抖起來，拇指的裂口痛得可以感覺到脈搏的律動，她看著從裂口處滲出的血滴，突然覺得頭昏得要爆開，反手把門狠狠地甩上！希望他聽到了。

盼盼說：「媽媽，妳為什麼生氣？」

「因為爸爸壞。」她恨一吵架就出去的男人！

「爸爸好壞，開車走了，不回來了嗎？」

「我不知道。」倔強的眼淚這才流下來，她胡亂地用手擦著，一邊用力吸著鼻子，指頭的裂口碰到淚水，椎心地痛起來，姜妍看著女兒，絕望地大哭出聲！以為金錢是婚姻破裂的主因，現在找到工作了，怎麼還是一樣能吵？盼盼看到媽媽披頭散髮地哭，嚇得哭起來。

那次，志傑有十天沒回家。姜妍沒打他的手機，她知道志傑也不會主動打來道歉，男人一出去，就可以忘記家裡的事，家裡的事永遠是雞毛蒜皮的事，不值得討論！他們認為，反正那就是生活，所有的人都這麼過，自己也沒什麼不同，英文說是「necessary evil」，是個「必要的惡魔」，當作沒看見就是了！可是女人做不到，女人煩心的事，永遠是家裡的事，大大小小的衝突積在心裡，沒處發洩，跟人訴苦嘛，表示自己的婚姻不好，平白矮了別人一截！主動打電話給志傑呢？好像是去投降的！

前一星期還好，第八天晚上，即使樓上樓下檢查好幾遍門窗，還是會聽到奇怪的聲音。女兒們一直問爸爸呢？她只能說，爸爸太忙，要很晚才回來。早上還是沒見著爸爸，因為爸爸早上很早很早又出門去了。帶孩子們去公園玩時，遇到朋友問：「先生這麼忙啊？還沒回來？」只能尷尬笑笑：「是啊，忙總比閒著好，至少工作還在。」

第九天，突然覺得沒志傑在家，小孩反而比較乖，乖乖吃飯，乖乖上床睡覺，生活作息變得簡單正常起來，沒人在旁邊有不同的教育觀念，輕鬆很多。心裡激動的情緒沒了，憤恨的感覺也沒了，只剩下冷，冷到心酸酸地痛起來。

第十天，太陽一樣出來，世界一樣美好，姜妍發現，兩個沒有血緣關係的人，好像比較容易割捨，志傑可以不在乎她，她又何必因此心情不好呢？

第十一天，志傑回來時，姜妍正在廚房準備飯菜，女兒們看到，高興地喊：「爸爸，你回來了！」一跑過去又摟又抱，姜妍繼續切菜，切最便宜的包心菜，才剛找到工作，還是得省。切切切，切地細細碎碎的，然後開始剁起來，剁剁剁，剁剁剁，突然忘了到底要做什麼菜了？她盯著那堆被剁地爛爛的菜，爛得流出汁來的菜……回來做什麼呢？繼續浪費時間嗎？姜妍越看那堆爛菜越噁心，索性全都倒進垃圾桶去。

日子是陰溝裡的水，停滯、陰暗，然後發臭。

卷二

1

「妳們趕快吃飯好不好？不要光玩！」

「盼盼，先拿功課出來寫吧，一邊吃一邊寫，否則沒時間了。」大女兒快快樂樂哼著歌，拿出功課來。在學校練習的數學問題掉了出來，姜妍撿起來，是有關減法不夠減，要借十來用的問題。女兒顯然搞不懂怎麼回事，錯得一蹋糊塗，借了十忘了扣掉；要不就是減錯加錯，其實練習少，做得就慢，錯得也多。

「盼盼，妳說給媽媽聽，十一減四是多少？」姜妍指著第一題問。

「一減四不夠，借十，十加一……」女兒把手放在自己的頭上說十，老師教她們把大的數字放進腦袋裡，然後手指頭比一，繼續說：「十一，十一減四……」然後伸出自己的十根手指頭，顯然不夠用：「媽媽，老師說，不知道就用畫圖的。」

「好，妳畫畫看。」姜妍已經嘆氣到不行。

女兒拿起筆，邊畫圈邊數，結果數得比畫得快，只畫了九個。

「妳再數數看，是不是有十一個了？」

圈圈畫得亂七八糟，沒個規律，數起來當然忘了這個、忘了那個，數了有七個。姜妍閉起眼，呼了一口氣，抓起女兒的手數了一次。

「好，只有九個，再畫幾個呢？」女兒瞪大眼看她，這個女兒，語言能力和記性好得不得了，老師說她的英文已經有五年級的程度了，每天一有空就看書，一套百科全書看得差不多，常常冒出驚人之語，可是數學不是普通不行！

「九、十、十一，所以再加兩個就是十一了，知道嗎？妳數數看。」女兒又開始亂七八糟數起來，姜妍一下子發火了，對著女兒吼著：

「怎麼搞得嘛？妳怎麼回事？都不會！」眼淚突然止不住地流下來：「都不會……」她蜷進沙發，趴在膝上哭起來，女兒們都圍過來，說：「媽媽妳不要哭！」大家都哭了，姜妍抱著她們，「對不起，媽媽沒跟妳們生氣。」伸手拿了面紙，擤擤鼻子說：「叫爸爸回來。」

拿起電話撥志傑公司，不在，答錄機，再撥他的手機，響了九聲，志傑接起電話：「幹麼？」

「你回來教盼盼數學，她的數學不行。」

「妳不能教嗎？我有事在忙。我們不是說好了嗎？我趕快把這個程式寫好，在這個新公司站穩了，就可以正常上下班了啊！現在工作難找，妳要我再失業嗎？」又要把責任推到她身上了！她擔不起。

「可是你寫了半年多，還是沒寫好！」
「就快了嘛！」永遠是一樣的回答。
手上擤鼻涕的紙，被姜妍捏在手裡揉著。「你知道，我每天跟著小孩一整天，耐性都磨光了，動不動就對孩子吼，我不要自己變成這樣！」
「這世界本來就是這樣，要不妳出來工作，讓我待家裡！跟妳說了，我們只要撐過這三五年，大家現在累一點，以後就好了……」
「你已經說了好多個三五年，根本永遠不變！我不是讓你買了最貴的手提電腦了嗎？為什麼就不能回家工作？」姜妍吼地兩眼通紅。
「回家我能做事嗎？小孩一直纏著我！」
「總要試啊！我會盡量要小孩不要吵你，你知道，你有沒有在家，對我的心情影響很多，至少累的時候，知道自己不是孤單一人，一點希望都沒有。」外面除草機的聲音壓過了電話的聲音，草長了，她又得除草了。每次姜妍都得撿大家上班的時間除草，因為她不要鄰居像上次那樣可憐她，幫她偷偷除好了。
「理智一點，我現在回家，孩子也已經睡了，明天又要一大早起來，所以也要早睡，結果浪費時間在路上，何必呢？」
「可是我很煩啊！」姜妍的情緒又一下子上來，淚流滿臉，她把電話遞給大女兒，盼盼說：「爸爸，你今天要不要回家？喔，好吧，再見！該妳了……」姊姊把電話遞給妹妹：

「爸爸，媽媽哭哭了，你要不要回來？喔，好吧，再見！」女兒們用嬌嬌的童音也喚不回爸爸：「媽媽，爸爸說他很忙，忙好了就會回來，他會帶好吃的糖糖回來。」

姜妍兩眼瞪著眼前蒼白的牆壁，旁邊滾著的雞胗湯，浮起一層腥臭的白沫，滾著滾著，全都滿出鍋子，在爐子上燒出焦焦的煙味，黑煙混著腥臭，急著要竄出屋外，姜妍的身子，彷彿也跟著飄起，飄進風裡，飄進雲裡。很多時候，情緒來了就來了，感情也一樣，來了就來了，走了也就走了，攔都攔不了。

2

「叔叔，叔叔！」女兒們幫丹尼爾開了門，從前看見丹尼爾就躲起來的大女兒，現在總會在星期三守著門口，等叔叔來，因為他每次都會帶小禮物給兩個孩子們，也許是巧克力，也許是童書，這次居然背了個大袋子，像個聖誕老人。

「你？跟你說別一直帶東西給她們。」

「喔，我在整理房子，這些都是舊玩具，真好有妳的孩子願意收。」

「謝謝叔叔！」

兩個女兒很快接過袋子，倒出許多玩偶和童書！

「等一下，車子裡還有。」丹尼爾對姜妍眨一下眼，姜妍有點驚訝，第一次有人對她眨眼，雖然只是一瞬間，卻有些異樣的感覺，好像兩人之間有個共存的祕密？聖誕節要到了，她沒做特別裝飾，只在門口掛了個聖誕花圈，家裡樓梯扶手上繞了些小燈……唉，應該買棵聖誕樹吧？即使只是小小一棵，只夠擺在桌上都好，可以把女兒學校做的紙星星掛上去……

「媽媽，妳看叔叔抱好多禮物喔！」

丹尼爾手上抱了一大疊包得七彩繽紛的禮物盒，大大小小有四個！

「你？你不需要送聖誕禮物的！你幫我們夠多忙了，我也說過，彼此都省略……」

「盼盼，這給妳；妹妹，這給妳，」丹尼爾轉身，看著不知所措的姜妍，說：「這給志傑，這給妳，謝謝老師！」

每個人都有一份！美國人送聖誕禮物是這樣嗎？怎麼辦？她只準備了一份！簡簡單單從東方超市買來的餅乾禮盒，不拿出來也不行了！「不好意思，我們沒特別準備，只有一份禮。」

「沒關係沒關係，你們孩子小，花費多。」

「叔叔謝謝你！」一沒留神，大女兒已經打開禮物，是個小廚房！看起來需要自己組裝，有瓦斯爐和烤箱，還有許多杯盤和餐點……姜妍看得呆了……這很貴吧？「盼盼妳怎麼沒問就拆了？」大女兒走近丹尼爾，在他臉上親了一下。

丹尼爾伸過右手，擁著大女兒：「喜歡嗎？」

「很喜歡，謝謝叔叔！」

「叔叔，可以幫我開嗎？」小女兒也扯破包裝紙，是個嬰兒娃娃，幾乎有小女兒一半大！

丹尼爾打開紙盒，「妳看，壓貝比肚子，貝比臉就變紅色，會唱歌！」

小女兒高興地抱著娃娃，跟著唱起來：「Twinkle, twinkle, little star……」

「叔叔，也可以幫我開嗎？」大女兒拉著丹尼爾的袖子。

「可以啊。」丹尼爾從口袋裡拿出鑰匙，劃開紙箱，一堆大大小小的袋裝組件散開，他扯開每個袋子，坐在地上開始裝起來。兩個女兒都挨著他，幫忙遞袋子……姜妍看得有些失神，不自覺的在旁邊的沙發坐下。海灣形的落地窗外，可以看見對面住戶裡的聖誕樹，一閃一閃地亮著，耳邊似乎有聖誕歌聲響起……

「媽媽，這是妳的蛋糕！」大女兒捧著一個粉紅色的小塑膠盤，上面裝著有草莓的小蛋糕。

「謝謝。」姜妍接過女兒的蛋糕，兩個女兒開始玩起家家酒，餵小女兒的娃娃喝奶。

丹尼爾的手在姜妍眼前晃了晃，「妳在想什麼？」

「喔，沒有。」她看見丹尼爾的眼睛襯著墨綠襯衫，似乎更綠了。

「打開啊，妳還沒開妳的禮物。」

「現在開嗎？」

「對啊，我們都是馬上開啊，要等就不好玩了！」

姜妍小心的拉開紅緞帶，撕開膠帶，綴著聖誕紅的包裝紙很素雅，打開方形盒，裡面是個藍白磁壺，蓋子上有個小獅子，「好美喔！好像是古董！」她張開嘴，看著丹尼爾！

「意外在古董店看見的，那家我們碰面的古董店，記得嗎？想說妳會喜歡。」

「這？太貴重了！」
「不會不會，只怕不是真的，讓妳笑話！」
「哪裡，我完全不懂，不管真假都太美了！」壺身上的龍紋有些像是土壤硬化後的褐色斑點，出土文物嗎？翻過來，壺底寫著「陶扇園製」！打開蓋子，她看見裡面還有個銀簪，長長的銀質髮簪末端，墜著一個小巧菱形的藍色掐絲琺瑯！姜妍屏息：「這？怎麼好意思？」
「喔，老闆說，不知道髮簪為什麼放在壺裡面？只好一起賣啦！那？給志傑那份，妳要開嗎？」
「不了，等他回來吧。」
聖誕節，美國的大節，像中國新年一樣，人人都回家過節，可是姜妍沒說的是，志傑不會回來，那份禮，也許得等到元旦以後吧！她取出寶藍銀簪，與旁邊丹尼爾湖綠的眼眸，倏忽揉合成異樣的迷濛光彩！姜妍似乎聞到一陣熟悉的濃厚氣息……

※

「妳瞧，喜歡這支銀簪嗎？」長長的銀簪末端，有個菱形的藍色掐絲琺瑯，墜著一顆清明透亮的水藍色寶石。

「好美啊！」

「我記得第一次在這宅子見著妳的時候，妳穿了件黑色滾藍邊的衣裙，妳穿黑色配著藍色點綴真美，是以，我就選了這支藍色的銀簪予妳。」查爾斯忍不住用手撫摸巧顏頰上的酒窩，再輕輕把銀簪插入巧顏的髮髻，偏過頭，吻在她的左耳上。

「謝謝你！」被吻過的耳邊留著查爾斯的印記。

「我永遠愛妳。」

3

春雨綿綿的三月天，姜妍照看的小女孩回家了，她正準備晚餐，兩個女兒在樓上玩芭比。

「媽媽，過來看，抽屜關不起來了！」盼盼嚷著！

「等一下，媽媽在炒菜。」姜妍伸長脖子往樓上喊。

她加了點鹽、加水，然後蓋起蓋子，換成小火悶著。這才擦擦手，手腳並用地爬上樓去。

樓上女兒們收著滿地的衣服，衣櫃的抽屜掉出來，背面的板子沒了！

「怎麼搞的？」

「不是我，我只是想開抽屜，可是卡住了！等很久妳都沒來，我要換衣服，就用力拉，抽屜就掉出來了……」大女兒把衣服折得一坨坨地放回抽屜。

「為什麼要換衣服呢？再等一下媽媽就來了嘛，看！妳把東西都弄壞了！」姜妍一面收拾衣服，一面把抽屜抬起來放回去，再拉出來看看，可是後面的板子沒釘牢，一拉又鬆脫！摔在腳背上！痛得姜妍眼淚一下子掉下來，她蹲下去，按著腳，再攤開手，手上沾著一團血！

「媽媽妳流血了！妳不要死掉！」女兒們都圍過來抱著姜妍的頭。

「媽媽不會死掉。」腳背上被刮掉了一塊皮，看到裡面殷紅的肉，血一點一點地從肉裡滲出來，像血紅的珠子一樣，一顆顆蓋滿紅肉，再聚合成一大滴……姜妍看得頭皮發麻：「妳們誰幫媽媽拿紙和膠帶來？」女兒太小，不可能搆得著櫥櫃內的繃帶。

小女兒跑去廁所，撕了長長的一條衛生紙；大女兒到書房抓了膠帶遞給媽媽，姜妍把衛生紙撕成兩半，一半擦乾手上的血漬，一半摺成小塊按住傷口，貼上膠帶，可是還是坐在地上發呆。

「媽媽，要不要打電話給爸爸，叫他回來？」大女兒問，她一直是個細心的孩子。

「對啊，叫爸爸回來，說媽媽流血了，要死掉了！」小女兒瞪著大眼睛，一邊點頭一邊說。

「不用，媽媽不會死掉。」姜妍突然覺得好累，不想動，她看著兩個女兒，摸摸她們的頭。

「那妳站起來啊！妳怎麼不站起來？」小女兒站了起來，要媽媽也跟她一起站起來，她站起來和姜妍坐著一般高。她們前陣子看了一部有名的恐龍卡通，小恐龍的媽媽在地震時倒下，小恐龍依著媽媽，一直問：「媽媽沒事吧？」媽媽說：「不要擔心。」小恐龍說：「那妳站起來嘛，站起來嘛！」媽媽能站起來，孩子才能放心。電影裡，恐龍媽媽最後沒站起來，死了，兩個女兒跟著小恐龍哭起來，從此不再看這部卡通，因為那是她們內心最大的恐懼。

電話響了，姜妍吸口氣，勉強站起來，腳上濕濕暖暖的，她扶著額頭，又坐回地上，是志傑。

「我今天晚上有事，不能回來了，家裡沒事吧？」大女兒在一旁問是不是爸爸？姜妍對她點點頭。

「嗯，我……你……」頭昏昏的，讓姜妍講起話來結結巴巴。

「好了，再見。」

姜妍來不及要志傑跟孩子講話，他就掛了，大女兒接過電話：「爸爸，爸爸……」叫個不停，姜妍只覺得志傑的聲音好陌生、好遙遠，上次聽到他的聲音，好像是好久好久以前的事了……

兩天後志傑回來，女兒們拉著爸爸的手，說媽媽上次受傷的事。

「爸爸，你的手怎麼也受傷了？」細心的大女兒問。

「喔，沒關係了。」志傑停了一下，看著窗外說：「前兩天，妳記得那個小雅，剛來的女同事嗎？拜託我幫她清理烘衣機的出風口，被小鳥築巢了。我拿著棍子弄出風口，結果擦得手臂都是血。」像要解釋什麼？還是要掩飾什麼？姜妍轉頭看志傑右手臂上長長的擦痕，要她怎樣呢？幫他敷藥嗎？或是只是提醒她，誰都會有意外，沒什麼大不了？

「小孩房間衣櫃抽屜的板子掉了，有時間去釘一下，要不然就少一個抽屜能用。」姜妍趁機要他修孩子的抽屜，好像現在說話，都得是跟小孩有關、有意義的。跟小孩沒關的話，是沒意義的，不重要，就省著點說吧。

「喔，好啦，下次有時間再看看。」志傑看著地毯說。

「快點修，要不然現在放在地上，誰踢到誰倒楣。」姜妍明知說出去的話像潑出去的水，可是還是要試試。

「對啊，我的衣服都擠死了！」小女兒膩著爸爸說。

「好！」志傑抱起小女兒吃飯，從進家門到現在，他都沒正眼瞧姜妍一下，姜妍知道那抽屜要修是沒希望了，他的朋友永遠比家人重要，也奇怪，現在姜妍連吵架都懶了，反正只要沒期望，就不會失望！

4

「哇，好漂亮！這是妳畫的嗎？」客廳沙發上方的白牆上，有一幅墨色蝴蝶蘭，姜妍在中文學校的課外活動學的，家裡牆上冷冷清清，想說隨便貼幅自己的水墨畫，反正老外看不懂好壞，添點趣味也不錯。

「正在學，畫得不好。」

「很好啊！這麼大幅！幫我家也畫一幅吧！」

「不行不行，我亂畫的。」

「直接畫在牆上，不喜歡的話，重漆上油漆就看不到啦！」

「還是不好，我不行啦！」

「妳就是這樣，總是說自己不行，妳能寫能畫，很有才華呢！」

「真是笑話了，我什麼都不會……」

「妳缺的是自信，如果我能給妳一個夢想，妳想要什麼？」

丹尼爾今天穿了件磚紅襯衫，眼瞳裡居然暈著一圈殷紅光彩！「我……我想學開車。」

「那簡單！我可以教妳。」

「不行啦，花你太多時間了！」

「反正週末我也沒事做，開車對我來說是休息，可以讓腦子清靜一下。」

「不行不行，我付不起，志傑可以教。」

「妳不用付我錢……」

「那更不行了！」

「為什麼？我們是朋友，我只是想幫妳完成一個夢。」

「我再想看看。」姜妍低下頭。

來美國十年了，在台灣公車方便，沒想過要學開車。搬來這個沒車像沒腳的國家，只要志傑不在，哪裡都去不了；志傑一回來，就得趕著去買菜，似乎這是夫妻唯一能做的休閒。十年來，她沒幫自己買過一件新衣，一雙新鞋，離從前上班逛好幾條街只為選一件衣服的日子好遠了……

她上過駕訓課，也考過筆試，可是志傑只帶過她在停車場練車，她很容易緊張，反應又慢，人一慌就忘了倒車時的方向盤要往哪邊轉？每次志傑總在車裡開罵，兩個女兒在後座嚇得大哭，姜妍漸漸失去信心，學習駕照終於過期，再要學又得繳一次費用，重考筆試，重新申請學習駕照……

「姜妍，妳還好嗎？」

她抬頭，看丹尼爾，勉強擠出個笑容，「還好。」

「等等，」丹尼爾手伸過來，姜妍身子往後傾，「別動。」丹尼爾右手食指和拇指在姜妍左眼下方碰了一下，「喔，是一根睫毛。」

姜妍用左手指尖輕拂臉頰，「謝謝……我會再問問志傑開車的事，不過，先告訴你喔，我學東西很慢，一切雙腳必須離地的事都學不來，不會游泳、不會騎腳踏車、不會溜冰，那種腳不著地速度又快的事，對我來說都很可怕，尤其開車！」

「沒問題，我是家裡的長子，從小就負責教弟妹大小事，什麼樣的狀況都碰過，大家都說我很適合當老師，從來沒有我教不會的喔！」

「志傑從沒敢讓我離開停車場。」

「想看看，讓我試教一次吧！」丹尼爾向後靠著沙發，兩手交握。

※

「別擔心，大家都會喜歡妳的。」

「我總是抓不準要回答什麼？該聊什麼？」

「很簡單的，旁人問什麼就回什麼；然後呢？同樣問題再問回去就行了！」

「我忒容易緊張！」

查爾斯雙手搭著巧顏的肩：「看著我，巧顏，別緊張，妳缺的是自信！記著，大夥兒都會喜歡妳。」

「怎地喜歡我？他們全不識得我，你怎麼知道呢？」

「妳親切、不浮誇，放心，多跟我出去幾次，見見世面，就不怕了，我會教妳，相信我，讓我教一次吧！」查爾斯抿嘴，輕輕對著巧顏點一下頭。

5

一家中餐館新開張，有折扣。姜妍藉口打電話給志傑，要他下班後帶全家去吃看看。志傑重吃，說到吃就不會吵架。可是從六點等到快八點，還沒到家。姜妍索性拿出上個月買的番紅花球莖，到前院挖洞，球莖一包一共一百個，打折後只賣美金十一元。姜妍原本要志傑幫她挖洞，可是講了一個月，春天都要過了，一個洞都沒有。反正現在等人煩，做不用頭腦的事最好。一排五個洞，一共二十排，姜妍每挖一個洞，就丟一棵球莖進去，這樣隨時都能停。

土很硬，有時候裡面夾著石頭，有的石頭大到挖不動，只好繞過。孩子在家裡吃著零食，看卡通等爸爸，很安靜。路上不時有鄰居攜家帶眷散步或騎腳踏車，全都客氣地和她點頭招呼。美國人散步喜歡看別人家的院子，看看人家怎麼做庭園設計。姜妍的前院不大，有一排扁柏當園籬，紫色牽牛攀爬其上；步道旁是一排杜鵑；院中有個木桶半埋在土裡，裡面種了不知名紫花，乍看之下，好像從木桶倒出花來。加上去年隨風而來的薰衣草，襯著原有的勿忘我，和現在的紫番紅，把整個院子染成紫色……

黃昏不熱，倒也快挖完了，姜妍站起來伸伸腰，志傑的車剛好回來，她慶幸沒浪費到時間，拍拍手，取下手套，剛要跟志傑說她埋了好多球莖，志傑卻停好車，怒氣沖沖頭也不回地進屋，用遙控器在她面前關下車庫，沒有再要出去的意思，姜妍只好隨後進屋。

「妳不知道通車很累嗎？還叫我早點回來帶妳們出去！結果碰上大塞車，塞了兩個多小時！」

「不出去了嗎？」

「現在幾點了還出去！」

「也好，小孩都吃零食吃飽了……」雖然不出去餐館了，姜妍還是不想放棄原先想跟志傑談的事：「想跟你商量，我想學開車，我問過了，普通駕訓班要兩百五十元，是筆試課程，規定要上的，真正上路，每個小時要四十美元，規定至少要有四十個小時，就要一千六百元了！如果你教我……」

「還是得花啊！」志傑光著腳，一屁股坐進沙發，把腳架在茶几上，馬上習慣性地拿起遙控器開電視。姜妍皺起眉，看他長得彎起來的腳指甲在茶几上晃啊晃。

「可是你可以教我，就可以省一千六百元！只要繳規定的筆試課程就好。」省錢對姜妍來說，是至高原則；花不必要的錢，在她看來簡直罪大惡極！

「看看吧，我很忙，或是妳回台灣的時候再學。」志傑兩眼盯著電視敷衍，姜妍常覺得，即使自己哪天剃了個大光頭，他也不會注意到。

「回台灣誰帶我去駕訓班呢？」右手虎口剛剛挖洞時，磨破皮了，像針刺一樣痛起來。

「妳妹妹啊！」志傑拿著遙控器，一台一台地換著，電視裡的話全變成片片段段，螢幕跟著閃爍不定，走馬燈似地，姜妍的心情也跟著煩躁起來。

「人家有自己的事啊，誰幫我帶小孩呢？我父母嗎？你呢？你就不能為我花一點時間嗎？」姜妍突然發起火來，最近她常常情緒失控，動不動就覺得兩額青筋爆跳，右胸隱隱作痛，現在右手又痛得發抖，她用左手握著發抖的右手，停了兩秒，看了志傑一眼，衝出外面繼續挖洞，一剷一剷，挖得更深，也不知哪來的力氣，轉眼就挖好了，一百個洞呢！她看著被挖得坑坑疤疤的地，每個洞丟進一棵球莖，再用腳使勁地踏緊每個洞，踏到流出汗來。

太陽下山了，天黑了，天氣轉涼了，暮色中，只聽到姜妍沉重的喘息聲，風吹得她的頭髮，像鬼魅一般糾結起來，起風了。

6

　　可是，就這樣，姜妍還是只上了筆試的課，一樣捨不得多花錢報名上路的課，總是好說歹說，要志傑帶她練車，像是求他似地。每次也只是在停車場練，志傑老說她沒希望，浪費他的時間，後來索性排滿了事，幫朋友修電腦、寫程式，沒時間帶她練車，可是埋怨她不會開車依舊。她總覺得，在志傑眼裡，她是只舊鞋，還可以穿，可惜過時了，只配放在角落長灰塵。

　　「妳可以答應丹尼爾，讓他教妳開車啊！」志傑有天邊看電視邊說。這話反反覆覆，已經提了有一年了，每次姜妍總解釋，哪有叫朋友教開車的道理，他不會要收錢的，再說，憑什麼浪費人家的時間？教會了，佔便宜的總是自己。可是志傑還是不願意花時間教她。

　　「妳再去問他一次啊，他不是一直說可以教妳嗎？他有時間啊！」

　　電視螢幕在姜妍眼前和志傑的側臉混成一片，槍聲、叫喊聲在耳邊嗡嗡作響，他們每次談話，總有電視在場！姜妍瞪著電視上方的白牆，腦袋漸呈空白……也不知道怎麼回事？她突然想通了，欠人情就欠吧！反正會開車比較重要，以後想辦法還就是。可是……

丹尼爾還願意教嗎？

「好啊，這星期六就開始吧，九點。」丹尼爾說。

星期六？結婚週年紀念，要嗎？唉，反正志傑不會記得的。

「好。」姜妍答。

三十多歲的女人才開始學開車，終歸是不得已的，尤其是在美國，生活上的種種不便，周遭異樣的眼光，天知道姜妍來美國這麼多年是怎麼過的！

讓丹尼爾教開車其實是一種很異樣的感覺，因為這應該是男朋友或先生的事，學會開車再怎麼說受益的總是自己的老公，那麼，教開車這種苦差事怎麼會是朋友幫忙呢？可是姜妍想開車的情緒已經超過理智了！

九點，一向超級準時的丹尼爾果然來了，刻意帶了一頂小孩的安全帽逗姜妍，「我得保護我的笨腦袋！」姜妍斜睨丹尼爾一眼，以為他會再說個笑話緩緩時間，沒想到丹尼爾把帽子拿下來說：「喔，我得先把車子開走，妳的車才能出來。」志傑順手把鑰匙給他，兩人臉上無意間露出一種非常奇特的交換表情。姜妍緊張地拿起手提袋，又放下，問丹尼爾：「我要不要帶什麼？」

「不用吧！」

「這個『新手駕駛』的牌子呢？」

「不用不用！」

還好丹尼爾沒叫姜妍直接坐上駕駛座，他先載姜妍到附近的高中停車場，下車說：「先讓我看看妳開得怎麼樣，妳開一圈然後停在這裡。」

姜妍呆了一下：「你不坐在旁邊嗎？」

「不用，我在外面看。」

她嚇死了，怎麼辦？慢吞吞地坐上駕駛座，嘆了一口氣，看看丹尼爾，他對她點點頭，喔！椅子太遠了，調前，不夠，再調前，繫上安全帶，踩著煞車，推到前進檔，車子自己滑了出去！喊停都來不及！姜妍用慢得可以的速度，每小時不到十英哩的速度開到丹尼爾旁邊，然後停進去，車子一下子停不下來，慌慌張張地低頭找到煞車踩下去，早已把丹尼爾嚇得跳到旁邊！車子卻停在兩個車格中間！他看著姜妍直笑：「妳開得太慢了，跟走路差不多，這次快一點，然後記住，停在中間這個停車位。」

姜妍明知沒救地再試一次，還是讓丹尼爾直笑，又試一次，他放棄地進來：「喔，外面好冷啊！我們練習8字吧。」

姜妍胡亂地開著自己以為的圓弧形8字，完全不看左右車道，繞著安全島轉來轉去，一圈又一圈，有時過頭忘記轉彎，丹尼爾只是笑笑：「沒關係，下一個再轉。」就這樣大8字小8字地轉，然後繞停車場，順時針逆時針，丹尼爾只是坐在旁邊陪姜妍聊天，偶爾要姜妍盡量靠右開，不要開到別人的車道去。有一次聊得興起，居然一轉開上安全島，撞上木樁！嚇得丹尼爾大叫：「停車，後退，要很慢地倒下來。」姜妍緊張地不知道要怎麼倒，只好下車讓丹尼爾開，他小心地倒下車，檢查車子，還好沒事。以後每次經過木樁總是特別緊張，丹尼爾笑說：「連木頭都記得妳了！」然後繼續繞圈，正覺得越繞越順手了，「嘿，妳現在會邊開邊轉方向盤了！」突然左邊來了一輛休旅車，姜妍正要左轉，緊張地呆了，「停車停車，讓他先過！」姜妍硬生生地停下來，「下次看到別人的車不必緊張，知道嗎？停下來就是了。」姜妍乖乖地聽，拜託不要再有車來。

時間在聊天中過得特別快，居然開了兩小時還不累，可是午飯時間也到了，回程時丹尼爾突然說：「我以前的女朋友都是從這個高中畢業的。」

「為什麼呢？你又不讀這個學校。」

「因為我高中時每天下課和週末，都到這個鎮的龐德羅莎打工，那裡的男女比例是一比五，剛剛好。」

「你們都這麼早就有男女朋友嗎？」

「對啊。」

「做什麼啊？」

「就是那些事啊。」

兩人突然都沉默下來，「下次上課前，妳必須先去考筆試。」

姜妍看著丹尼爾襯著褐色上衣顯得偏咖啡色的眼眸點頭，「好。」

7

「妳考過了嗎？」丹尼爾從姜妍左肩後探頭過來，嚇了姜妍一跳！她把長髮掠到耳後看他，伸出右手背上的蓋印在丹尼爾眼前晃了晃，丹尼爾幫忙拿起姜妍座位旁的大衣，推開公安局駕照中心的門，抖開姜妍的大衣：

「先把大衣穿上，外面很冷的。」難得的命令語氣。

外面陽光燦爛，雖然是一月天，還好吧？姜妍抬頭看他。

「穿起來，不會騙妳的！」讓丹尼爾幫忙穿大衣有點怪，但這卻是老美一貫幫女士的習慣。老美女生出外似乎不太需要動手，大門車門永遠有男生幫忙開，椅子有男生幫忙拉，大衣有男生幫忙套上……

姜妍坐進車裡，嘆口氣。

「妳不喜歡開車，對不對？」

「是啊，可是大家都覺得我應該要會，不會是不應該的，所有因為不會開車的不便，都是我的錯。」

「誰這樣覺得呢？關他們什麼事？」
「朋友啊，家人啊，他們是為我好的。」
「你們中國人管太多了！」
「那你為什麼要教我開車？」
「因為妳說妳想學啊！我想幫妳完成一個夢想。」
「……」
「今天上路不要緊張，頂多開慢點或是靠邊讓其他車先過……」
「不行，我還沒準備好，不能上路。」
「準備什麼？試試看吧，不難的。」
星期六的早上，大家都還睡著，家家戶戶外面都停了車，丹尼爾邊開邊巨細靡遺地講解要注意的細節：看到「停」的標誌要停，左看右看再左看，沒車才能開；有什麼狀況，慢下來就是了。
「好，下來換座位了。」姜妍慢吞吞地鬆開安全帶，坐著深呼吸一口氣，丹尼爾已經開了門在外面等了，扁扁嘴，搖著大拇指要她出去。姜妍看著他，慢慢地爬出車子，坐上駕駛座，唉，也沒多少事可以摸的，只好硬著頭皮開吧，反正丹尼爾不怕死。她幾乎只開五英哩的時速，生怕撞到旁邊睡覺的車子。
「有車子來了！」

「不要緊張，靠邊讓他先過……小心！別撞到旁邊可憐的路人……看到警車絕對要慢，警察老爺不是好惹的……看，開幾次就不怕了，對不對？」

「紅燈只要看左邊沒車了，就可以右轉，知道嗎？好，現在右轉，快啊，快！快！不能拖！」丹尼爾一緊張，姜妍也跟著緊張，好不容易鼓起勇氣轉過去，後面已經跟了一輛車了。

「怎麼辦？後面有車。」

「他會超車的，只要開右邊車道就好……右轉了，可以直接轉，不用管左邊！快！快！快一點！妳看，沒那麼可怕對不對？真好玩，再玩一次！」

「可是……」姜妍心裡一緊張，講話也開始結巴，其實腦筋管開車都來不及了，哪還能講話？

丹尼爾看姜妍突然安靜下來，調皮地轉過頭來，靠得很近看進眼裡，笑著說：

「如果妳這次能開快一點，就讓妳靠邊休息一下。」

他要姜妍把車停在路的盡頭，天氣很好，旁邊人家正在修屋頂，乒乒砰砰響……

「高中時有一年夏天，我弟弟和我幾乎漆遍了這一帶的房子，賺了很多錢，差不多每人一星期可以賺五百美金，在二十五年前，算很多了！讓我可以上大學，我們那時平均一天工作十二個小時，天黑也做。」

「看得清楚嗎？」

「他們開燈讓我們做，晚上通常是做一些整修的工作，像換爛掉的木頭啦、把外牆清乾淨啦、調油漆啦。可是我弟弟總是五點準時就走。」眼前老老舊舊的房子彷彿都睜大眼睛，跟這個老朋友打招呼，藍房子、白房子、黃房子，二十五年來都不曾走開，好像也看不出變老，只是當年那個幫它們換上新衣的少年，現在已經四十多歲了。丹尼爾左看右看……

「都又重新漆過了……」淺綠的眼裡，掠過一棟棟房子，每棟房子就像是他的孩子，對他微笑著……

「欸，這棟沒換顏色耶！看到沒？就是那棟，有大樹在左邊的，我漆的，淺淺的藍色，喔，變得好舊了……」聲音越來越小，他看得好認真，一個相當吸引人的認真的側臉，為了自己的夢想而努力；姜妍皺起眉，似乎？多年前也曾經有個來自異鄉的人，有著長長捲捲的睫毛，好像好像，也有湖綠眼眸，也這樣跟她說過舊事……

※

「頂小頂小的時候啊……」查爾斯閉起眼，食指在小桌上輕輕點著，巧顏恣意地看他的長睫，不意撞見突然張開的綠眸，趕緊低下頭去。查爾斯不以為意，沒事人繼續說著：「嗳，妳知道，我在家排行老大，下邊呢？有兩個弟弟兩個妹妹，印象裡，我父親總是在院子裡種許多菜，各式各樣的菜，我們呢？趁便都不用去市場買菜了。也養著羊、養著馬，每個孩子都得幫點活，我因年紀最長，每早，天一亮就得起來拾乾草餵馬、清理馬糞，整妥當了才可吃點早食去上學，回得家來又得拔草、整理菜圃，很累人的，可自己種的菜好吃，到如今我都還記得剛摘下的玉米有多甜！」

「我父親呢？總是一口氣買個一百隻小雛雞來養著，養大了慢慢殺來吃，可以吃上一年，也為的是省錢罷，可是吃到看到雞就怕！所以我極小就老想法子籌錢，比如幫人收乾草、做……呃，庭院的牆？」查爾斯挑起眉，以眼神詢問。

「籬笆？」巧顏忍俊。

「對，是籬笆！」查爾斯「啪」一下，打個漂亮的彈指，回頭透過西曬的長窗眺望遠山，思緒奔騰於千里之外的家鄉，「那時，我也幫人油漆房子掙點零花錢……不過，那時節也有新鮮的事兒，比如我祖父，他極會做東西，做……會叫的鐘？」他轉頭瞧見猛搖頭的巧顏，兩人相視而笑！

「就是那種特吵的鐘吧！家裡好些個他做的、或是修好的鐘，每到整點就一起叫！他還做船，用很細小的木頭，把小人刻地像真的一個樣；他也想做能飛的船，就用二輪車裝了翅膀，想要騎上天空去！那時頂流行發明東西，人人就愛發明新東西……他是Deutsch？」

「德意志？」

「好，德意志人，我祖母是荷蘭來的，我母親呢？是蘇格蘭來的，總的，在我的祖先裡邊，還有義大利人、法國人……我總是對不同種族的人好奇，所以就決定到亞洲來看看……」查爾斯彎下身，兩手扶桌凝視巧顏。

8

姜妍把練車時間改成十點，因為覺得丹尼爾得開四十五分鐘到她家，也許該讓他星期六多睡一些。

「你看這樣的油夠不夠？」才開出門姜妍就發現油剩不多，非常懊惱志傑沒事先把油加滿。

「如果開得慢只能開五十英哩，等一下找地方加油吧。」

「沒關係，應該夠吧，不用加了，因為我忘了帶錢。」

「別擔心，我有，妳會加油嗎？」

「以前在台灣加油站打過工，不過很久沒加了，以前也沒有信用卡，沒有複雜的機器，拿起來加就好。」

他們在一家加油站停下，「引擎要先熄火，妳的油箱蓋開關在哪知道嗎？」

「我……我不知道……好像在椅子下面……這個嗎？這是什麼？是後車箱嗎？」儀表版下有個小扳手。

「不是，那是引擎蓋。」丹尼爾轉頭看看姜妍：「妳先把外套穿起來，不然這樣出去會冷死的，喔，在椅子旁邊，知道怎麼打開嗎？」

「不知道，以前打工時都是客人自己開的。」

「這樣用力往左逆時針轉開，重點是加完油別忘了蓋回去，很多人會忘記。然後油表要先歸零，往上扳，就可以開始加了。把手上有個架子，可以卡住油槍，就不用一直拿著。」他很適合當老師，每次都講得鉅細靡遺，不怎麼在意碰到的是個笨學生。

「要加多少呢？」

「加滿啊！妳加油都不加滿啊？」

「不是啦，因為我沒帶錢。」

「嘿！」丹尼爾瞪了姜妍一眼：「我說了，我先付，妳再還我，好不好？」

姜妍抱歉地點頭，那油槍的卡榫挺好玩的，便伸出食指輕輕地碰了一下，油槍「喀」地一聲跳了起來，嚇了她一跳，丹尼爾轉頭：「妳碰了，對不對？」姜妍抱歉地點點頭，「對不起啊！」他伸手拿起油槍，假裝很嚴肅地忍住笑：「快滿了就會跳開啦，不是因為妳碰到。走吧，來付帳！」他們一起進了加油站的小店。

「哇，好特別喔！」姜妍站在丹尼爾身後，貼著他的臂膀小聲說。

「怎麼說呢？」

「你看，那鐘好漂亮！」

丹尼爾付完帳，邊看邊朝門口走去：「那是聖路易斯的特色，從前的人用高大的馬來拉一箱一箱的酒，一共有八匹馬，那種馬很高大，腳很粗，像象腿一樣，走起來步伐很大，這些馬都是訓練過的，動作一致，而且馬鬃很長，走起來非常好看。」的確，天花板上垂下來的馬，聲勢浩大，栩栩如生，只是現在拉著的不是酒，而是一個好看的鐘，姜妍依依不捨地跟出門。

「喔！」又得上車了，姜妍慢慢地深吸一口氣，握著方向盤……「妳忘了繫安全帶了。」她乖乖繫上，其實沒忘，只是實在很不喜歡開車，不知怎地，突然喪氣起來，她心不在焉地聽丹尼爾的指示開著。

「停車！停車！」丹尼爾突然用力地把方向盤向右把穩，雨刷的水「唰！」地噴了出來！眼前擋風玻璃兩串水柱噴灑得模糊了視線，姜妍還搞不清怎麼回事，只能趕緊踩煞車，車子陡地停在路邊！他迅速地幫她換到停車檔、熄火，說：「我不是跟妳說趕快靠右嗎？好，從現在開始要記住最高準則：我說什麼就要馬上做，不要猶豫。懂嗎？有什麼疑問，等做了再問，知不知道？」他停下來，看看一旁驚魂未定的她：「好啦，擋風玻璃順便洗乾淨了。」

通常被罵的時候，姜妍是從不掉淚的，眼淚會倔強地留在眼眶轉，可是一聽到安慰的話，眼眶一熱，反而收不住淚。「知道了。」她說，趕緊用食指抹掉淚水，兩手在牛仔褲上假裝擦著手心的汗，剛才到底是怎麼回事呢？他怎麼那麼緊張呢？她會靠右的啊，只是反應一向慢，他應該知道啊！右手好痠，抓方向盤抓得太緊了吧，她捏捏右手手背，突然覺得右手拇指僵硬，不按還好，一按就刺刺地痛起來。姜妍低頭看著拇指根部關節處好像比左手大，紫紫的，腫起來了……

「妳……我弄痛妳了嗎？」姜妍有點驚訝有人會注意自己的一點點小動作。

「喔，沒事，手很痠，可能是握方向盤握太緊了！」

「對不起，以後我會盡量不要抓妳的手。」

「沒關係，沒關係！」

「不過，妳進步很多了……剛才？真的是我抓痛妳嗎？」

姜妍笑笑：「還好啦。」

「真是對不起，我知道我的手勁很大，以前練鋼琴練的，常常把個頭比我大的人扳倒。真是對不起，我下次會小心。其實，妳真像中國人，很聽話，教起來挺輕鬆的。」

姜妍微笑看他，左手拇指揉著痠痛的右手，右手無意間碰著左手的馬賽克戒，又回到剛才失神的情緒裡。

※

午後，下人端著紅漆托盤退出前廳，黑色小方桌上擱了兩碗茶，暈著茉莉清香。查爾斯和巧顏對完剛進的字畫，記好帳，開始他們的中文課。尋常呢，查爾斯就先拿出近日聽到的中文新詞兒，問巧顏何意？之後要巧顏寫與他瞧，兩人再以簡單的中文聊近日新鮮的事兒。巧顏則盡量看機會加新詞進去，幫查爾斯一筆一劃，寫進他記事冊上的空白處。

查爾斯收起本子，看著素淨的巧顏，道：

「聖誕快樂！送妳的。」查爾斯從身後取出一個有著橘色緞花的紙袋。

「怎地送我東西呢？」巧顏接過沉甸甸的袋子，看不出袋裡裝了什麼，只見軟軟的白紗像霧一樣填滿袋子。

「今兒個是聖誕節，美國人都在這個大節互相贈送點薄禮，就如妳們中國人的正月初一罷！」查爾斯看著不知所措的巧顏，笑道：「妳就拆罷，我們都是當著送禮的人拆禮的，如此送禮的人也能沾點喜氣，拆呀！」

巧顏把手絹別進前襟，慢慢踱步到光線較好的窗口，把袋子擱在小黑木桌上，抬頭看了一眼查爾斯，查爾斯把手背在身後，對她點頭，神祕地笑著。巧顏取出白紗，裡頭是一個包著漂亮粉、黃、白條紋包裝紙的盒子，外面用橘紅色的絲帶綁著，巧顏小心打開絲帶，拆開包裝紙，還有個木頭盒子！

「再開，就快看到了！」

巧顏吸了一口氣，打開蓋子，哇！是個好漂亮的馬鐘！八批馬拉著一個圓形的鐘！

「那是聖路易斯頂特別的東西，那裡的人用高大的馬來拉一箱一箱的酒，統共有八匹馬，那種馬極高大，腳特粗，比如象腿一般，走起來步伐極大，這些馬都是被教過的，動作一致，且又毛髮特長，走起路來煞是好看。」

「你能騎馬不？」

「那自然，那裡人人都能騎馬的。我還是孩童時，自家有一匹白色的……呃？Tennessee walker？」查爾斯面露難色。

巧顏聳肩搖頭：「我不懂馬。」

「就是可以走極長的路都不顯累的馬……」查爾斯繼續說：「那馬雖是不高大，可體力極佳，而且能……衝？」巧顏微笑，長長的眉眼上彎成美麗新月。

「一般呢，馬跑的速度可以約略分為五個級速，Tennessee walker可衝到第五級，最高等級，就是一轉眼可以衝得極快，比如賽馬時，剛起始是比體力，怎樣用最省力的法子跑完，可到了最終就需得憑衝力了。從前我家統共有五畝地，鄰人也都把馬送來給我們，請我們幫著……教馬？」巧顏寵愛頷首，能懂就好，她喜歡看查爾斯忘我地用英文說舊事，不算是個好老師。

「我總是覺得馬特笨，總是跟馬鬥得氣極了，可我妹妹就不一樣了，她好似能跟馬……說話一般，馬到了她手裡就乖乖的。我只愛騎馬，若馬跑到頂快，可到一小時四十英哩呢！自然了，被馬摔得極慘的情況也是有的……妳想騎馬不？若是有個什麼機會，我可帶妳一塊兒騎。」

天井處有下人正在清掃庭院，竹帚聲在靜謐的午後掃著規律的音律，巧顏兩手支額，好似聽著聽著，就可以到那個夢境去了。

窗外的雲遮了陽光，巧顏看著突然暗黑下來的查爾斯，默不作聲低下頭，一個真真實實的外國人啊！從另一個遙遠的國度來的，有著完全不一樣的過去，不一樣到令人懷疑它的真實性！可他真的就在那裡認真地說著，說到妳能從他碧綠的眼裡，瞧見他的童年，一個屬於他的，遙遠的過去……

9

兩個月過去，姜妍居然能上高速公路了。

「看，從妳家筆直開下去就到百貨公司了，還可以到那家中餐館，下次妳可以帶志傑去逛街，讓他嚇一跳！嗯……這是四十號公路，白底黑字是州內公路；藍底就是州際公路了。州內公路有紅綠燈，雖然速限只有五十五英哩，可是常常有車子上下，反而比較危險；州際公路速限較高，可是只需要看前面，簡單多了。」丹尼爾每次總仔細地講解，像對小孩似地。「到黑格市了！」

「哇，真的！去你的辦公室吧！」

「好啊！」

本以為很近的，都已經到黑格市了，結果又開了快二十分鐘，到了一個購物中心。

「可惜我沒帶辦公室鑰匙，沒辦法進去，不過妳可以看到架子上的一些東西，妳看，那個玉做的看起來像大象的碗，還有旁邊幾個中國瓷盤，是客戶送的……」他們用手圈住視線，擋住玻璃的反光，像兩個孩子似地站在辦公室外的大玻璃前看著……身後走來一位老先生衝著他們笑，美國人似乎比較不在意別人的眼光，我看我的櫥窗，只要不妨礙別人走路就好！

姜妍的影子在丹尼爾長長的影子底下看著，整個律師事務所清清爽爽地，很乾淨，像極了他一貫給人的感覺……很吸引人、很輕鬆沒壓力的感覺。也許吧，也許因為從小不用多分心去管別人的眼光，所以總能保持樂觀的心情，給人輕得像風的感覺，誰都喜歡做身旁那個聽風的人。

「我太太問，」丹尼爾突然打破沉默，清清喉嚨說：「你不怕如果她真拿到駕照，可是出了事，你不會覺得很自責，很有罪惡感嗎？可是我說，她不會出事的。」

姜妍疑惑地看他，怎麼會有人比對自己還有信心？「你是不用擔心，因為我會很小心。」為你，姜妍在心裡說。

「志傑還是只有在假日回家嗎？」

「還有星期三。」

「因為要練車嗎？」

「算是吧，還有即使不練車，我也希望他回來看孩子，陪一下孩子，順便不要讓小孩吵我們上課。」

「如果這樣，我想是不是以後星期六練完車，不用請我吃午餐了，要不然你們都沒有家人相處的時間。」

「可是你已經不收教我開車的學費了，我們反正都要吃中飯，你也是啊！」

「也不是這麼說啦！我是說……唉，我不知道該怎麼解釋。」

「其實星期六如果不練車，志傑也不會在家，你記得他以前在補習班教課嗎？在練車之前，他星期六都去教課，是我叫他辭掉的。他總是很忙，這是我們的問題，不是你的問題，懂嗎？這是我們的問題。」

10

這天，頭一次說好要邀丹尼爾全家去港式料理店飲茶，丹尼爾建議姜妍，給志傑一個驚喜吧！要姜妍開車載全家人去餐廳和他們會合。

不巧，前一天夜裡下雪，早上一起來就看到路上滿是積雪，還是照原定計畫嗎？姜妍猶豫了一下，拿起電話打給丹尼爾，莎莉很快接起來，像是被吵起的聲音，他們還在睡嗎？姜妍腦海裡突然閃過莎莉躺在床上的影像……壓低聲量問：

「對不起，你們還在睡嗎？吵到你們了嗎？」莎莉很快地把電話遞給丹尼爾，喔！他也還在床上。「別擔心，這點雪算什麼！倒是妳，不能臨陣脫逃喔！」姜妍心裡悶悶的，沒有開車的情緒。

志傑一上車，就要姜妍開到郵局，上旁邊的州際高速公路，這樣比較快。可是那不是丹尼爾平常教姜妍的路線，丹尼爾要姜妍開州內快速道路，一看到哪個大招牌、大目標或大建築物才轉彎。現在志傑突然要姜妍走新路線，還要上高速公路，讓姜妍有些為難，志傑卻說，要會開車，什麼樣的路都要會，尤其是臨機應變！是沒錯，可是對沒方向感、又容易緊張的姜妍來說，就像酷刑！志傑這會兒又像是在坐計程車，等快轉彎時才說要轉了，弄得姜妍更緊張……

「妳搞什麼啊？靠過去啊！很危險耶！不要擋在路口，趕快，快點！」姜妍從後視鏡看到後面有車子，路旁又有堆起來的雪，不敢靠過去，可是志傑一直叫她過去，她打著左轉燈，慢得幾乎停下來，後面的車子按起喇叭……

「快點啊，妳笨蛋啊？快點！算了，下車，下車！聽到沒有？下車！」

怎麼下車呢？在路中間換手嗎？不能啊！姜妍硬著頭皮，小心地慢慢靠過去。「好了，靠過來了，現在要怎麼辦？左轉還是直走？」姜妍總算鬆了一口氣問。

「迴轉啦！妳笨蛋啊？很奇怪欸，學了半天在學什麼？路都不會認啊？」志傑在她右邊吼著。

姜妍憋著氣，要學開車最好別惹教練生氣。她迴轉進了停車場，冷冷地解釋：「這條路我沒開過。」

「下車！妳以後不要再開了，簡直是浪費時間！學了半天還這麼爛！每次妳和他出去練車，我就得在家帶小孩，什麼事都做不成！」

姜妍轉頭瞪著志傑，也不管外面的人會不會聽到他們在車內吵架，說：

「不行，我需要練車，如果你不想帶我練，我不會再勉強你了！還有，我想如果要算浪費時間的話，浪費的應該是丹尼爾的時間，他跟我非親非故，幹麼要教我？對他有什麼好處？再說，你一個禮拜只回家三天，陪陪小孩是應該的。我答應你平常不用通車回家，就是希望你快點做完工作的事，但是回家就要全心陪我們，至少也陪陪孩子。」姜妍一口氣說了一大串，停不住似地，越說越冷，兩排牙齒切切銼銼，打起架來！

車外，一對男女同樣坐在車裡，像在僵持什麼？然後，男孩下車，開另一部車走了，女孩隨後也開車走了……姜妍想起許久前，在台北，志傑騎摩托車追著公車跑，公車上的姜妍又氣又急，志傑在紅燈時，對著她猛揮手，全車的人都在等姜妍的反應，像齣可笑的鬧劇！姜妍本想懲罰志傑遲到一小時的希望落空，只好低著頭，擠到門口下車……那時的志傑總是低聲下氣，不讓姜妍生氣，什麼時候角色易位了呢？

「妳學不會的，不用再浪費大家的時間了！」志傑對她吼著。

姜妍看著起霧的擋風玻璃，一字一句咬著說：「你好自私喔！這像人說的話嗎？我現在敢上路了，你以前教我的時候我還不敢呢！我覺得自己進步很多，我要丹尼爾繼續教我，我會拿到駕照的。」姜妍握著方向盤的手抖起來，方向盤上包著的塑膠皮鬆了，懸著一根長長的白線，她瞪著線，一把扯了下來！

「下車！」志傑大吼！大女兒哭著說：「不要吵了！你們不要吵了！」姜妍忍住氣，下就下吧，每個人上了車後，終歸要下的，也許，早就該下了，或者，根本就是搭錯車了也說不定。

11

「妳今天還要去練車嗎？」志傑不甚愉快地在丹尼爾面前用中文問。姜妍猶豫著，呆著，看丹尼爾：「今天要練車嗎？」

「外面在下雨。」志傑繼續說。

「還好吧？妳正好需要一些壞天氣的練習，走吧。」丹尼爾答著，走向門口。姜妍轉身跟女兒們說：「媽媽一下下就回來，趕快去睡覺喔。」然後趕緊走下樓去拿鞋和外套，往常丹尼爾都是先出去抽煙，今天卻站在門口等她，看她穿好鞋，拿好外套才開門出去。姜妍轉身關門：「還好嘛，沒下雨。」鬆了一口氣，走向車子。

「去第七街的購物中心吧，知道怎麼去嗎？」

「嗯，應該還記得，是左邊那條路，右邊是去小兒科診所。」

「好，那走吧。等妳考過駕照，第一件事要做什麼知道嗎？」

「慶祝啊！」

「不是，是要自己開車去小孩的學校，再開回來。」

「你不跟我去嗎？」

「當然不跟，如果妳不能自己單獨開一次，永遠都不會敢。」

「那我考過駕照後，你還會帶我練車嗎？」

「如果妳想，就繼續練啊。」

兩人無語練了半小時回到家後，丹尼爾叫住姜妍：「聽我說，星期六考試時妳要想，那些都是妳練習過的，沒什麼好緊張，妳開過高速公路，開過市區，考試的考場沒人沒車，就像妳最愛的停車場一樣，沒什麼好怕的，知不知道？」

姜妍點點頭。

「再複習一遍，如果路邊停車妳沒停好，要怎麼辦？往後開到很後面，再往前開，懂嗎？或是方向盤向右打到底、後退、再向左到底、後退、然後右轉往前……嗯，這種太難了，不要這樣！用剛剛那種方法就好，還有，記得打方向燈，看左看右，曉不曉得？」

「如果路邊停車的車位很大，妳只要把車子放直、倒退，然後往右前方開、靠邊，就好了！」

姜妍仰頭看他，點點頭，路燈就在丹尼爾高高個子的旁邊，刺得眼睛很不舒服：「謝謝你。」

「謝什麼呢？」

姜妍給他一個笑，不知道該怎麼解釋，還是又傻傻地回答：「謝謝。」

丹尼爾微笑點頭，轉身，夜深了，姜妍站在月光下目送他離去，看丹尼爾上車，開車，車子好遠好遠，看不見他了。

卷四

1

吵鬧的婚姻之所以還能持續，是因為習慣。習慣於不變的生活，不變的人，即使爭吵，也比未知讓人心安。

這天，志傑的同事小雅請客，要大家去她家裡聚聚。大夥兒介紹自己的家人時，志傑只介紹女兒，有個同事問：「這位是你太太嗎？」志傑轉身抱起小女兒說：「看！這是我女兒，可愛吧！」然後耍寶似地把女兒當球一樣往上一拋，打算再一把抓住，不料丟得太高，小女兒一頭撞上天花板，哭了起來！姜妍嚇一跳靠過去，想看看女兒是否沒事，志傑卻抱著女兒，轉身找冰塊去了，姜妍抬起的手僵了一秒，然後硬生生地牽起旁邊的大女兒在後面跟著。

整個晚上，姜妍就和一大群孩子們看卡通吃零食；先生們聊政治，她沒興趣；太太們聊美容珠寶，她不懂，也插不上嘴。乾坐了一晚上，自己都快懷疑自己的存在！準備回家時，已經十點了。孩子們早已在車內睡著，六月的風，也不知怎地會這麼冷！姜妍看著車窗外，一片漆黑，樹梢緩緩動著，外面的風可能不小，問：

「為什麼這個月有一筆律師費？你去找律師了？」

「對。」車子裡的聲音乾乾的，兩排牙齒粗糙地磨著字，像是很久沒說話了。

「為什麼？」

「問一些事情。」

「問什麼？離婚嗎？是小雅嗎？你什麼時候去找的？」另一方的字也咬牙切齒地打起架來。

「沒多久前找的，跟小雅無關。況且，有必要跟妳報備嗎？」

「什麼意思？我當然有權知道！」

「只是了解一下狀況。」志傑搖下一點車窗，冷空氣竄進來，車外的樹影動得更起勁，風變大了。

「你是說協議內容嗎？怎麼分錢、分小孩嗎？」

「大概如此。」

「這不是得要雙方同意嗎？你單方找律師想怎樣呢？」

「我會給妳協議書。」

「所以你上次是說真的？不是隨便說說的？你去找了律師，談些什麼也沒讓我知道，難道我也要去找律師嗎？」

「妳是應該要去找自己的律師，以後才不會後悔。」

「我去哪找？我既沒錢也不怎麼會開車，難不成要你開車帶我去嗎？那乾脆拿我們講好的去請律師寫，不行嗎？再說，你這樣花錢……」

「妳可以找丹尼爾啊！他不會收妳的錢吧？我會把律師費還妳，妳不用擔心。」

姜妍轉頭看志傑，突然覺得不可理喻：「他不會、也不能當我的律師！」窗外漆黑一片，只有偶爾的路燈，一盞一盞地過，一會兒亮一會兒暗，過去快樂的、憂傷的事，忽亮忽暗地出現，像錯置在時光隧道裡。

「我看了妳寫的文章……」

「什麼文章？」姜妍有些震驚，她是寫了一些男女情事的文章，「你怎麼可以私自看我寫的東西！」

「其實不用看也知道，」志傑冷笑一聲：「我又看到妳那種眼神，在丹尼爾身上……」

「我們沒怎樣。」

「我知道你們沒怎樣，但是妳喜歡他，這也是我最恨的！」志傑音量加大：「妳記得妳說過精神出軌吧？就是那種感覺！妳再怎麼努力有用嗎？都只是暫時的！要我怎麼再愛妳？是不是太強人所難了？妳不愛我，兩人勉強生活沒有意義，為什麼不能勇敢一點承認面對！」

「我一直努力去愛你，可是你總是很忙，關心你的朋友多過於我，我找不到安全感……」

「沒錯，所以說，我們不用再繼續了。妳記得妳曾經喜歡過的同事嗎？有一回，我中午的時候到妳公司，想給妳一個驚喜。在車內，看到妳和同事走出來，過街，我跟了你們一會兒，看你們說笑，看見妳看他的神情，就是我等了好多年，以為結婚以後可以得到的目光，可是我錯了，自始至終，我都沒得到過！」

說的是兩人之間一直刻意避開的人，是姜妍開始工作後，一個對她不錯的同事，可惜出現得太晚，姜妍總覺得像是背叛，只好割捨，兩人連開始都沒。

「那是結婚前的事了，如果你很在意，當初為什麼要和我繼續？為什麼又要和我結婚？」姜妍開始歇斯底里，她記得志傑當時也提出分手，可是未知的恐懼大過一切，她終於用淚水挽回自己的初戀。

「因為我以為可以改變妳，讓妳愛我，可是我發現沒希望。」

「你結婚以後就沒再努力愛我，我怎麼可能不抱怨？怎麼可能來愛你？怎麼可能不吵架？」

「所以我們何必再浪費時間？人生還有多長呢？我現在擔心的只是孩子。」

像是當場被打了一個耳光，姜妍醒了過來，冷回谷底：「孩子永遠是我們共有的。」

「目前，也許等她們大了再告訴她們，我們不是也已經有名無實過了好多年嗎？多過幾年而已，妳好好想想。」

2

姜妍終於考過駕照，考官告訴她後，她一下車，就看見櫻花樹下的丹尼爾張開雙臂，給了她一個擁抱！粉色花瓣隨風飄落，這樣短暫的花呀，總謝得沒機會欣賞，姜妍離開丹尼爾的擁抱，拍掉落花。

「怎麼了？」三個多月來，為了練車省事，他們已經改用英文對話。

「沒有啊，太高興了！」姜妍坐進車裡，看著丹尼爾坐好，發動車子。

「是嗎？」丹尼爾看進姜妍眼裡，「也許我不該問，但是我覺得，妳……妳和志傑好像不太對勁……吵架了嗎？」

「噯。」姜妍別過頭，專心開車。

「問題很麻煩嗎？」

「可能吧。」

「別想太多，世上好多事不是我們能改變的，讓自己快樂，身邊的人才能快樂。」

「謝謝。」

「別客氣。」

兩人安靜無語，有些尷尬。姜妍很感激丹尼爾三個多月來教她開車，想開口，卻不知該說什麼。

「妳……拿到駕照了，還是得多練習……志傑……會買另一部車給妳嗎？」

「喔，會！他正在看車。這部車應該就讓我開，因為除了這部，我不可能會開別的車。」

「沒關係，剛開始總是這樣，會認車，開久了就不怕了。」

「謝謝你花這麼多時間教我，一直沒問你，這樣每個週末教我練車，太太不生氣嗎？」

「哈哈，每個太太不都希望先生最好不要回家，把錢交出來就好嗎？」丹尼爾誇張地斜睨她一眼，「逗妳的啦！正要告訴妳，我要給妳新電話，我搬家了，以後打這個電話給我。」

「你搬家了？什麼時候的事？換大房子啊？恭喜了！」

「不是，我和太太分居了。」

「喔，對不起，很意外。」

「沒什麼，我們吵很久了，這次總算意見相同。」

「那？等一下還一起去餐廳嗎？慶祝我拿到駕照？」

「當然！等一下妳開車吧？記得我告訴妳的，『不要讓別人來開妳的車』，後面的車怎麼逼妳都別慌，知道嗎？」

「是的，老師。」

「嗯，還有，萬一……我是說如果，如果以後自己開車，出事也別緊張，先靠邊，抄對方保險公司的資料，然後打電話給我，知道嗎？」

姜妍聽到話中的關心，非常感動，「知道。」

「妳會開車了，我也很為妳高興，只是有時實在擔心，萬一出事，都是我的錯了……」

「千萬別這麼想。」

「抱歉，太掃興了！還記得我們的約定嗎？考上後的第一件事是什麼呢？」

「我忘了。」姜妍故意騙他：「要好好慶祝一下。」

「不是，是妳要自己一個人開去小孩的學校再開回來，妳一定要開，不然永遠不敢，我會在這裡等妳開回來。」

姜妍無奈地待在車裡，閉起眼，深吸一口氣，車子裡只有她一人，好奇怪啊！也很孤單，還好早上先來開過了，知道今天學校有活動，很多車子，所以心裡有些準備，總算順利地開回來後，看見丹尼爾在門口，開玩笑地假裝揮汗，看得出是很緊張。等停進車庫，姜妍問他：「盼盼和妹妹怎麼都沒下來看我？」

「我也不知道，志傑在廚房忙，小孩也不下來。」

「為什麼？」

「我跟她們說要不要出來看媽媽自己開車回來？她們都沒說話。」

「是不是我太晚回來了？」姜妍看看錶，快兩點了，一點五十六分，是有點晚，訕訕地轉身上樓，從高高的階梯上，看著丹尼爾坐進他的車。

客廳裡妹妹在哭，志傑正抱著她哄她，盼盼說，妹妹把紙撕破了，爸爸打她。姜妍只好過去抱小女兒，場面有點奇怪，志傑繼續在廚房弄菜，姜妍走過去說：「我考過了！」

「我知道。」

「那你們怎麼都沒下去等我？」

「我在忙啊，光小孩下去我也不放心。」

「有丹尼爾在外面啊！走吧，上次不是說好了去外面吃？」

女兒和志傑上車，姜妍慢慢倒出來，開到路口要左轉時，才發現丹尼爾的車就在前面帶路，心情輕鬆下來，說：「丹尼爾和他太太分居了。」

「喔，恭喜妳了！」

「什麼意思？」

「妳可以問他喜不喜歡妳啊！也許他也喜歡妳咧！」

「不可能，我不會去問他……」

「妳不敢，對不對？因為妳怕如果他並不喜歡妳，你們就會很尷尬，也許他就不會再來上課，妳就再也見不到他了，是不是？哈哈哈！」志傑突然笑起來。

姜妍等他笑完，終於承認：「我是喜歡他。」

「那就去問啊！去啊！」

「你幹麻逼我？」

「不是我逼妳，跟妳說過了，對自己的人生要勇敢一點，妳好好想想吧！」

約定的是一家西班牙餐廳，位在古董市區，姜妍和丹尼爾相遇的教堂街。丹尼爾開門，讓大家進去，只有他來，太太和小孩都沒來。姜妍和女兒坐一邊，志傑和丹尼爾坐對面。丹尼爾拿起菜單，邊看邊問姜妍喜歡吃什麼，「吃辣嗎？」

「無所謂。」

「要不要有核果？」

「不要。」

「杏仁呢？」

「也不要。」

「起司呢？當然不要咯！」丹尼爾興致不錯，誇張地搖著頭，「中國人好像都不喜歡起司！」

志傑一反多話的習慣，不發一語。

這家西班牙餐廳的氣氛不錯，光線柔和，專賣一些下酒小菜，丹尼爾說叫Tapas，感覺上和中國菜很像，炒茄子啦，炸花枝啦，份量很少，不過價錢可觀。

他一直找話跟志傑聊，說，其實路考時，他很緊張，手腳都不知道該怎麼放？只能來回地走來走去，另一位考官看到笑著說：「現在沒什麼好緊張的，等她拿到駕照，收到保險通知時，再緊張吧！」

「我差點一拳揍過去！他以為姜妍是我女兒！」

志傑只是笑，沒接腔，有些尷尬。

姜妍越過兩個男人，看著牆上昏黃的畫，發起呆來。考上駕照了，丹尼爾還會繼續帶她練車嗎？志傑還會讓她去練車嗎？

有時候，人與人間，需要一個朦朧的地帶做屏障，掀開了，雙方都無所適從。

3

練車的事停了，只是偶爾會收到丹尼爾的電子郵件，問她車開得怎樣？很短的問話，用中文。姜妍一看到丹尼爾的名字在來函中出現，總會第一個打開，然後馬上回信，也是短短的幾個字。這天，她按送出後，居然馬上收到回覆，姜妍很驚訝地打開。

「還沒睡嗎？」丹尼爾問。

「你也沒睡啊！」

「我習慣了。」

「早點睡吧，你還要上班。」

「好，妳也是。」

姜妍看著回覆，不願信就在自己這端結束，可是也不想讓丹尼爾晚睡，等了十分鐘，丹尼爾應該睡了吧？才再送一封。

「晚安，祝你有個好夢。」

然後她等著，一分鐘就更新一次畫面，丹尼爾也許真的睡了。午夜了，姜妍登出，逛讀網路小說。臨睡前，又按登入，有一封新郵件！她按收信夾，看到丹尼爾的名字，開心起來！

「生日快樂！想要什麼？」

居然連自己都忘了！想要什麼呢？他算是第二個問過她這個問題的男人吧？要什麼呢？他可以給她什麼？

姜妍想了一分鐘，「想聽你彈琴。」

「好，沒問題。」

人到中年，在驚覺來日無多之下，突然變得勇敢起來！姜妍驚訝於自己的改變，悵然中有些失落。

中文課時，丹尼爾果然帶來一卷自己彈的鋼琴曲，和兩片古典鋼琴ＣＤ。姜妍捧著要來的禮物，貪婪乍現，仰著臉問他：

「你看我今天哪裡不一樣？」

丹尼爾有些詫異，和她對視：「妳剪頭髮了嗎？」

「不對！」讓人猜不出，姜妍有些得意。

「那？妳化妝了？」

「也不對！我從來不化妝！」

「那？饒了我吧！我猜不出來……喔，我知道，妳戴耳環了！不是說不喜歡珠寶嗎？

哈，快四十了，想做大改變嗎？」

姜妍反手打他，「我哪有四十？還早呢！」

「很好看啊！真鑽石啊？」

「當然是假的囉！我戴真的也沒人相信！」

「怎麼想要穿耳洞呢？」

「不知道！」嘆了一口氣：「好像年紀越大就越想打扮，年輕的時候，覺得年輕就是本錢，不需要打扮，現在不同了，不討厭紅衣服，也不排斥首飾，真可悲啊！」

「怕來不及吧！年紀大了，很多事再不做就來不及了。」

姜妍臉上孩氣的線條消失了，丹尼爾也沉默下來。樓下車庫的電捲門響起，志傑帶女兒回來了！他最近總是在姜妍上中文課時，和女兒們一起去外面吃飯。

「我該走了，下禮拜見。」

送走丹尼爾，跟女兒說完故事、道晚安後，姜妍打開音響，戴上耳機，放進丹尼爾的錄音帶。

「妍，祝妳生日快樂！妳說想聽我彈琴，雖然我彈得不好，可是想看到妳的笑顏，還是彈了。第一首是Rachmaninoff的〈Prelude in C Minor〉。」

姜妍聽著，兩手交握，支著下顎，忽快忽慢的琴音攪亂她的思緒，但是丹尼爾沉穩的嗓音，讓她淚濕衣襟……在悲涼憂戚的琴音中，姜妍突然想起她和丹尼爾初識那天的匾額……那天突然的暈眩，以及這陣子恍惚中時常見到、或者說感覺到的熟悉情愫……她下意識地看著左手的馬賽克戒指，輕輕地撫摸那藍紫戒面……

※

巧顏跟著查爾斯買賣做得不差，轉眼七年了，在張家的地位紮實下來，大姑因此不時來串門子，順道收取佣金。

「我說巧顏啊，這些個年來，多虧了妳把張家的生意做得頂有聲色，現下佐仁呢？也當上了不小的官了，沒法子再和外國洋商扯上關係，外頭因為鴉片的關係，討厭洋人哪……」大姑拿起髮簪搔著頭，再插回去髮髻裡，髮簪上的鳳凰抖起來。

「查爾斯不是英國人啊，他是美國人，況且他沒賣鴉片，他是來同我們買瓷器、畫軸的……」巧顏越說越小聲，聲音從窗口飄出去了。深秋的時節，藤上的朝顏早已枯黃倒塌，窗外一片冷清，寒冬將至了吧？雪季要來了！

「噯呀，我說巧顏啊，妳畢竟年輕，不懂的事多了！誰曉得他們那些黃頭髮、白皮膚的，是哪國人啊？什麼英格蘭、法蘭西的，一派不都是大鼻子洋人鬼子！再說，誰管得他們是來做什麼生意買賣的？還不就是想從中國撈點好處，賺我們中國人的銀子！現下人人都想著趕他們走啊！做官的，若是被知道和洋人鬼子有官商勾搭，使不得非但帽子給摘了，還抄家呢！」那支鳳凰銀簪又被拿下來搔頭，抖地更兇了。
「那難道張家的生意就甭做了嗎？」
「總是小心點兒好，妳呢，做的是張家的買賣，可別說和我們王家有關係，我們佐仁呢？拿的是中間介紹人的佣錢，這介紹也是七八年前的事了！現下不就是只有妳一個人擔下來了嗎？」大姑看著巧顏，細長的眼，變成兩剪秋刀白肚魚，一下一下朝著巧顏剪去。
「大姑請放心，我這晌不會扯上佐仁的……」查爾斯的故居也下雪嗎？
「噯呀！這話是扯到哪兒去了呢？我今兒個來，照說不是來提這個的！主的呢？是要告訴妳一個好消息！佐仁呢，聽說朝廷為了褒揚年輕守寡的婦女，把申請貞節牌坊的年齡減到二十五年，就是說呢，假若不到二十五歲就守寡的話，只要再守個二十五年就好。這巧顏啊，不正說的是妳嗎？妳只要再熬個十八年，就只這十八年，就幫張家熬到個牌坊了！光宗燿祖啊！我知道妳苦，可妳都過了七年了，現下事業又做得頂盛，要什麼有什麼，生活上過得去，不用再靠男人了，是吧？這查爾斯，總是個不同文不同種的外人，人心隔肚皮呀！何況還是隔了層不一樣的肚皮！懂嗎？妳聰明，我曉得妳懂！就十八年，轉眼就過了，唉，人過了三十，不一樣囉！日子呼一下，風吹似的，什麼也沒發生就過了！哪像年輕的時候，結婚、生子，大夥兒瞧著妳一關關地過，現下沒什麼好企盼的了……那查爾斯呢？還是個商人哪！東奔西跑地，看的市面可多了，誰曉得他有沒有四處留情呢？攢不住啊！還是錢實在，有錢有地位才是真格的，妳說是罷？」

太陽落西了，斜斜地爬上桌來，把大姑頭上的一對雙鳳銀簪拉地長長地，照在東牆上，鳳鬚和鳳尾隨著大姑的話語起起落落，張牙舞爪起來，往巧顏的影子咬去，巧顏往後縮進椅子裡，那雙鳳卻又緊緊跟過來……她想查爾斯……

「巧顏，巧顏，我說妳怎麼著？可是失神啦？」

巧顏抬頭撞見大姑誇張的笑臉，鬆垮的贅肉填不滿越來越多的皺紋，全都順著笑紋垮下來，她還年輕！她不要就這樣老去……她想查爾斯，查爾斯……

※

姜妍回過神來，吃驚地看著戒指！有時候，做決定只是一瞬間的事。

4

經過客廳後的廚房有一整片落地窗，姜妍喜歡在春秋之際開窗，看風吹舞綴著彩蝶的紗簾。

一週前，丹尼爾特別帶了一卷台灣的實驗性電影，也許得過學院獎什麼的，說反正他看完了，還有幾天才需要還，正好可以給她看看。姜妍高興地說謝謝咯，好久沒看台灣電影了。可是隔週再碰面時，兩人都忘了要還錄影帶的事，等丹尼爾走了，姜妍才想起來，丹尼爾隔著電話說，星期五吧，我正好要去妳們那邊的法院出庭，順道去拿。

姜妍掛了電話，看著錄影帶出神，那是一部很怪的電影，故事裡，有三個年齡層的感情世界：小學生的暗戀、中學生對性的摸索，和中年人面對愛情的勇氣。可是最後都失敗了，消失在大台北的塵霄裡。電影用一貫的學院式拍法：緩慢的步調、黑白的畫面、很多的定格，和少得可憐的對白。姜妍好奇丹尼爾怎麼看得懂這部電影裡，模糊中文想表達的意思？還說不錯？她用英文寫了一封電子郵件給他：

「我不喜歡這個故事，因為現實生活的女中學生，應該不會這麼勇敢，這麼快和人發生關係，而且，被拋棄地有些殘忍；故事裡的中年男人，反倒不夠勇敢，連愛都不敢表達，太差勁了！故事角色太不討喜了！」

丹尼爾回覆：「也許故事在強調每個人內心想反叛的吶喊，但是用另一種扭曲的事件表達出來，讓觀眾有激烈的反彈。像裡面的小男孩，應該在台灣很寶貝吧？故事裡卻倍受欺負；中學女生，似乎應該很保守，可是骨子裡，卻比男人勇敢。」

姜妍驚於丹尼爾透徹的評論，回：「也許吧！你喜歡嗎？」

丹尼爾答：「還好，妳是說故事本身嗎？還是行事風格？很羨慕勇敢的人就是了！」

什麼意思呢？再追問下去，就有些奇怪了！眼前電腦螢幕上，出現志傑激她去問丹尼爾的冷笑表情，是啊，怕什麼呢？如果丹尼爾對她沒意思，也不至於就不來上課了吧？反正隔了一層語言，說是開玩笑就算了，或許，反倒輕鬆得多！

星期五早上，姜妍開始心神不寧，什麼時候丹尼爾會來呢？他會坐一會兒才走嗎？快中午了，要不要幫他準備些東西呢？小孩呢？還要午睡，怎麼辦？

還好，孩子挺乖的，吃完午飯都睡了，姜妍幫丹尼爾留了一份用墨西哥麵皮做的改良式蔥油餅加蛋，整理好廚房，丹尼爾正好來了。

「哇，怎麼這麼安靜？」

姜妍轉身關門，有些困惑地看著眼前的丹尼爾說：「小孩正好睡了。」

「怎麼了？」丹尼爾問。

「你？你有弟弟嗎？」
「有兩個，怎樣？」
「你弟弟跟你長得很像嗎？」
「嗯，沒有吧，大家都說很不像。」
「那？你剪頭髮了？」
「沒有啊，上禮拜才剪的。」
姜妍皺起眉：「我怎麼覺得你哪裡不一樣？」
「喔！我把鬍子剃掉了。」丹尼爾說。
「喔！是了！為什麼？有鬍子很好看啊！」
「太麻煩了，其實有鬍子跟沒鬍子一樣，每天都要修，而且還更麻煩。」丹尼爾抿嘴笑著：「以前的中文老師，一個男生說，中國女孩子不喜歡留鬍子的男生。」
「不會吧？我……我倒覺得很適合你，而且，你留了十九年了……不過，沒有鬍子也好看，好像變年輕了。」
姜妍引丹尼爾到廚房坐下，端出午餐，要他嚐嚐，他略顯驚訝地說：
「這是什麼啊？雖然我正在節食，可是好像不吃是傻瓜！」
姜妍忍不住盯著沒了鬍子的丹尼爾，他今天穿了全套黑西裝，大膽的紅色領帶上有墨黑方格紋，襯著白皙的膚色，搭配地很是出色。

「喜歡嗎？這叫蔥油餅，可是我用墨西哥麵皮做，不算道地。」姜妍懶得花時間在廚房，老是想辦法找捷徑弄飯菜，自知廚藝不行，得在別人沒評論前自首。

「道地？美國人不知道什麼叫道地！我只知道，這是我吃過最好吃的東西了！」大眼睛很可愛地閃著。

「怎麼可能？你在開玩笑！」

丹尼爾塞了滿嘴蔥油餅，閉著嘴嚼，一面豎起大拇指，姜妍笑笑，眼神飄向後院開得不甘不脆的百合，這些花也不知道怎麼回事？不太情願被種在這裡似地。半晌，丹尼爾放下刀叉，伸手在她眼前晃了晃：

「謝謝妳請我吃午餐，其實，妳不必花時間弄東西給我吃。」

「喔，哪裡，你借我錄影帶，又差點過期被罰。」

兩人禮貌笑著，沒話說了，可是姜妍不想這麼快就讓丹尼爾走，牆上的鐘滴滴答答地，連一向不會讓場面冷清的丹尼爾也靜下來。終於，姜妍低下頭，吸了一口氣，抬頭看著丹尼爾，慢慢地說：

「我有一個祕密……我寫了一篇文章，在報紙上登出來了，四月二十日的報紙……」

「等一下，已經登出來了，還是祕密嗎？」他笑著看她。

「沒人知道是我寫的啊，我用的是筆名。」姜妍拂開落在眼睫的瀏海，避過丹尼爾的目光。

「可以給我看嗎？」

「不行，因為寫的是你。」

「哪裡的報紙？」丹尼爾趨近姜妍，等著。

「在美國發行的台灣報紙。」

「什麼報？」

「不能告訴你，是四月二十日的報紙，你可以上網找啊！如果你那麼想看的話。」氣氛逐漸凝滯，姜妍勉強牽動嘴角，想走下審問台。

「為什麼不能直接給我？說我的壞話嗎？」

「不是，都是好的。」

「那為什麼不能給我看？」

「等你六十歲生日的時候再給你。」她彷彿成了他的犯人，得迂迴求存於盤問之間。

「我可能活不了那麼久！」

「放心，你『走』之前一定給你……對不起，不是要詛咒你。」

「給我看吧，給我一份副本。」丹尼爾沒了笑容，不妥協的語氣增強。

「不行，等你六十歲生日再說。」姜妍答得軟弱。

「那妳為什麼又要告訴我？只說一半又不給我？」

「因為如果不說，我會很難過；而且如果不寫，我不知道該怎麼辦？寫出來就覺得比較好了。」

丹尼爾有點生氣了，拉下臉來威脅她：

「妳讓我覺得不舒服了！」

「對不起，當我沒說好了，什麼都沒說，不要生氣好不好？」她退回流理台後。

丹尼爾來回踱著步，很煩躁不安的樣子，讓姜妍有點後悔起這個頭。午後，屋裡反常地靜，丹尼爾的腳步聲和著姜妍的呼吸聲，有一瞬，讓人覺得時間開始跳躍起來，恍若在某個時空，兩人也是如此僵持著。

「不可能，來不及了，我已經不舒服了，而且妳起了頭，我也知道了，怎麼回得去？」丹尼爾下決定似地打破沉默。

「對不起。」

「那就給我看。」

「可是看了你會生氣，說我不應該。」

「既然沒說我壞話，為什麼我會生氣？為什麼不應該？」

「因為是不對的事，你可能會生氣。」

「不會，我不會對妳生氣，永遠不會。」他看她，大大的眼睛眨都不眨：「……給我看，好不好？」男人眼神溫柔下來。

「可是你會說不行這樣，不行做這種事。」

「做什麼事？寫文章嗎？還是不對的念頭？」他又被激起鬥志，繼續職業性盤問。

「不對的念頭。」

「為什麼妳覺得，我會認為那是不對的想法？」

「嗯，因為你是個很好的人，很正直的律師……什麼事都應該是對的……而且你很規矩，又是愛家的巨蟹座……」

「妳真這麼認為嗎？妳怎麼知道我不是也那麼想？」

姜妍驚訝地抬起臉看他：「你怎麼想呢？」

丹尼爾走向她，姜妍往後退向牆角，隔著流理台，兩手握著台緣，指甲掐進木頭裡……

「妳是不是說超過友情的感覺？」她木然點頭，不敢置信……

「妳知道嗎？妳以為我為什麼今天要來？就為了這卷笨蛋錄影帶嗎？為了怕被罰五塊錢嗎？我是來看妳的！」姜妍睜大眼，摀住微張的嘴！

「其實我昨天就想來看妳了，我不要看妳這些天失魂落魄的樣子！我想來問妳怎麼了？我知道你們在吵，志傑老對妳大呼小叫，我受不了，妳知道嗎？」

廚房地板的紋路在姜妍眼前繞進繞出，牽牽絆絆，像永遠理不清的線團。

「我老覺得，中文課過得好快，好像只有五分鐘，可是其他時間過得好慢，好像還要一年才能再看到妳！以前練車的時候還好，星期三到星期六，一下子就到了……可是現在，又回去一星期只見一次面……好久……」姜妍覺得自己像是消失了，只剩下丹尼爾的聲音，在房子裡迴蕩……

「很多時候，我覺得，像是跟妳認識好久了，什麼話都想跟妳說，妳像是我唯一的朋友……為什麼覺得我會生氣呢？知道有人喜歡，是一種很好的感覺啊，怎麼會生氣？」丹尼爾還是不放棄地問。

「我怕你會覺得不可以。」好不容易姜妍清一清喉嚨，吐出乾澀的回答。

「用英文的話說，『Too many ifs!』太多如果了！如果我們沒結婚，如果我們沒小孩……」

突然覺得輕鬆下來，姜妍接腔：「中國話說『相見恨晚』，一樣的意思。」

「還好我分居了，其實三年前就該搬出來了……」

「為什麼？」姜妍不小心打斷丹尼爾的話，「對不起，也許不該問私人問題。」

「沒事，我們一直在吵。個性不和吧！哈，很像藉口，又的確是真的理由！」

聽別人批評自己的婚姻，感覺很奇怪，姜妍轉了話題：「一直想問你一個問題……如果，嗯，臨終前，最想見見誰？」

「我也想過這個問題……唉，真希望有來生，希望我們下輩子會生在同一個國家……希望有一天我能帶妳去巴黎……」丹尼爾很巧妙地繞彎回答。

「巴黎？你說什麼？可能到時候我們都很老了，老得要坐輪椅去……」姜妍也小心地推掉尷尬。

孩子哭了，醒了，姜妍走到客廳抱起孩子，丹尼爾也過來逗弄小女兒，「我該走了。」姜妍抬頭看這此刻和她近地可以嗅出溫熱氣息的男人，轉身把文章的副本從書架上抽出，心裡多了幾分清澈明朗，可是也波濤洶湧，一切就像夢一場。

「真的，希望有一天能帶妳去巴黎。」丹尼爾對她眨一下眼。

「要快喔！算命的說，我只能活到六十六歲。」她還是當玩笑推出，把小女兒換到左手，右手開門，目送丹尼爾離去，上車，開車，揮手道別，車子在路口轉彎成黑點，然後，看不見了……

5

幾個星期過去，姜妍的日子在守著電腦、期待收信的感覺裡有了轉折，她總是在弄孩子睡以後，上網收信，現在，丹尼爾天天寫電子郵件給她，問她文章裡的生詞。姜妍雖然有些為難，因為和人討論自己的文章，總像是一件一件剝去自己的外衣，不是很自在，而且還是站在故事裡的男主角面前！可是說也奇怪，文章解釋完了，反而輕鬆很多，沒什麼要再隱瞞的了，勇敢面對內心以後，不會再覺得懊悔，像考完該考的試，不管是好是壞，都過去了，該傷腦筋的是出難題的人。只是，接下來的幾天，信箱裡，卻出奇地安靜空洞，不再有丹尼爾的信，也許，一切就這樣消失了吧？都是自己多心。

這天，星期六，志傑難得在家，因為他答應了女同事小雅，得幫她組裝電腦。零件散了整個客廳都是，姜妍得看好孩子，別讓她們過去搗蛋。孩子其實很乖，也到了午飯時候，姜妍讓她們去看電視，她好弄飯菜，才剛安頓好孩子，門鈴卻響了。這時候有誰會來呢？平常若是朋友，多半會先打電話，問方不方便？志傑抬頭看姜妍，要她去應門。

「妳好。」是丹尼爾！

「你……怎麼來了？」

「我可以跟志傑談談嗎？」

「可……可以，請進。」姜妍讓開門。

「不了，我和他在外面談。」

「喔……好，我去叫他。」

姜妍愣愣地走上樓叫志傑，志傑跟她一樣，嚇了一跳。

「他來做什麼？」

「我不知道，他說要和你到外面談。」

志傑滿臉疑惑地看她一眼，才心不甘情不願地出去。姜妍繼續在廚房弄飯菜，孩子們還盯著電視，一切似乎像往常一樣，只是，姜妍不安地切著菜，整個頭漲漲地，感覺得到兩額上的青筋又開始跳動……要中午了，丹尼爾會要留下來吃飯嗎？需要多切些菜嗎？要多做幾樣菜嗎？還是大家都別想吃了呢？為什麼要出去談呢？不要她聽嗎？或是孩子在場不好？

兩個小時過去，他們總算回來了，丹尼爾跟著進來，志傑說：「吃飯吧，大家一起坐下來吃飯！」丹尼爾正和孩子在客廳聊天，姜妍小聲問志傑怎麼回事？

「妳問他啊！」

「我問？為什麼？你不能說嗎？」

「沒什麼好說的，吃飯吧！」姜妍碰了個釘子，非常不悅。

席間，大家都高高興興，有說有笑，只有姜妍，像喉嚨被堵塊石頭，難以下嚥。飯後，丹尼爾告辭離去，志傑繼續弄他的電腦，姜妍實在搞不懂這些男人！她看志傑沒再跟她說話的意思，吶吶地說：「既然你不想說，我必須打電話問他。」她弄孩子午睡，然後到地下室打電話。丹尼爾現在自己住公寓，才剛到家。

「我是姜妍，可以跟你談談嗎？」

「可以啊，妳說。」

「你今天怎麼來了？」

「來澄清一些事，我不喜歡被環境控制，不喜歡乾等。」

「比如什麼？」

「我喜歡妳。」

「我？」姜妍總算見識到美國人的直接。

「妳也喜歡我，不是嗎？」

「我……」

「我已經算結束前一段婚姻了，我想問問志傑，你們之間的關係。」

好像丹尼爾都作了決定了，或者說，兩個男人就這樣決定了！姜妍倒吸一口氣：「他怎麼說呢？」

「他沒告訴妳嗎？你們沒談嗎？」換成丹尼爾有些驚訝。
「他說，沒什麼好說的。」
「喔！」丹尼爾笑了一下：「他把妳賣了！」
「什麼？」
「開妳玩笑的，他好像知道我會找他，他說了很多。」
「說什麼呢？」
「他說你們已經沒感情很久了，他也注意到我們很談得來，每次上課都有說有笑，他覺得妳看我的眼神，是他永遠無法得到的。」
「嗯，然後呢？」
「所以，他放棄妳很久了。」
「什麼意思？」
「沒有，事實上他說，愛是無法控制的，沒人可以強迫別人去愛，他其實很冷靜。」
「然後呢？」
「然後他說，你們已經分了，我可以自由地和妳約會，看看彼此合得來合不來？他甚至還建議，我有時候得帶兩個小孩一起出去，培養跟她們的感情。」
「他跟你這麼說？」
「對啊，他像是想了很久，不是突然隨口說的。」

「再來呢？」
「他還說，與其大家痛苦，不如分開來的自在。」
「他很乾脆，沒一點留戀？」
「姜，他不愛妳了，如果我還愛一個人，我會努力去爭取，我不會放棄。」
姜妍喃喃自語：「怎麼會這樣呢？」
「妳想要怎樣呢？妳不也不愛他嗎？他甚至說妳從來沒愛過他。」
「只是覺得很怪，怎麼割捨得這麼容易？」
「可是如果他說他還愛妳，來求妳回心轉意，妳怎麼辦呢？妳要這樣嗎？」
「我不知道……」
「姜，像他說的，何必大家痛苦一輩子？做錯了決定就是錯了，改過來還有半輩子。」
「我錯了嗎？」
「對錯重要嗎？只是妳要怎麼過妳一生的問題。」
「我不知道，人不是單一個體，外面還有整個社會……事情不是這麼簡單……」
「事情就是這麼簡單，我記得妳曾經寫過一個句子，要我練習翻成中文，妳說，在你生命裡，誰對你是最重要的？」
「我的家人、我的孩子。」
「這就是了，妳對得起他們就好。對我們來說，父母和兄弟姊妹其實都不能干涉你的決定，他們只需要接受，因為不是他們的人生，對我們有影響的，只有孩子，懂嗎？」

「我懂。」

「姜，志傑不愛妳了，從今天的談話裡、從每次上課他對妳吆喝的態度裡，任何人都看得出來。我不清楚過去他對妳怎樣？但是現在，一切都變了。妳還要活在過去的回憶裡嗎？繼續怨天尤人？還是要看清楚現狀，重新開始妳的人生？過去就是過去了，再分析都沒有用，如果不能把握現在，失去的會更多。我愛妳，這是肯定的，未來還有好長的路要走，我希望這次，妳能與我同行。」

姜妍掛了電話，可是還呆坐在地，四周堆滿了志傑的電腦零件、零碎紙片、CD、志傑的外套、志傑從舊貨市場買給她的第一個抱熊，牆上內凹的架上，擺著志傑婚前在台灣送她的貝殼：像籃球一樣大的椰貝、鸚鵡螺、扇貝……只因雙魚座的她說喜歡貝殼，志傑就四處收集，大大小小，最小的像是砂礫一樣。她似乎還能聽到貝殼裡深遠的潮聲，來自海底的呼喚……她閉起眼，過去吃泡麵的約會、幫忙推機車的日子、還有老是為志傑遲到嘔氣……志傑的臉淡淡的，看不出喜怒，十多年來，快樂的回憶有多少？傷心怨懟的日子又有多少？

在志傑模糊的眉眼深處，她看見丹尼爾對她凝視，跟她說愛妳。她張開眼，放著貝殼的凹牆下，隱約可見上次被除草機碰壞再補過的牆，地下室陰涼涼的，雖是夏天，可是冷風從頭上的冷氣孔直吹得她打哆嗦。周遭是暗的，剛剛忘了開燈，現在只看得到甬道盡處的光，狹長而詭異，很陌生的感覺。

姜妍拿著外套上樓，跟志傑交代一聲要出去，就開車走了。

愛情對某些人來說，也許不是最重要的，沒有愛情還能繼續生活。許多男人因此可以有很多女人：台前的妻子、內心的紅粉、網路虛擬的情人……他們可以這樣生活地很有秩序，甚至不願破壞平衡。妻子在他們眼裡，已經變成只會管他們的老媽子、黃臉婆，不是談心的紅粉，不是情人，看到她只有壓力，所以不愛了！愛情是一種很微妙的雙向關係，一旦彼此沒了感覺，怎麼樣都回不去從前的對待。

四周是一片無人的草原，幾隻黑色的牛在低頭吃草，一捆捆捲成滾桶形的乾草，零落地散著，這地方也許從來沒變過，不變的景色總是令人心安，只是現在，她想改變嗎？抽離現在的狀態，投到另一個未知的世界，好嗎？

一路上無車無人，她開到了看不到房子的荒原上，好像迷路了，沒人可以給她指路，回去吧，可是漫無方向地，到了哪裡呢？

她靠邊停車，風吹著她稍稍過肩的直髮，她在照後鏡裡看見自己瘦削下去的臉頰，以前老是埋怨自己有張孩子似的圓臉，雙頰像是含了糖，什麼時候不見了？只剩下高聳的顴骨？她撫摸著鏡子裡塌陷的臉，想起丹尼爾曾經畫給她的地圖……她攤開圖，擱置在旁邊的座椅上，從車窗灌進來的風，把圖吹地啪啦啪啦響，有了人的感覺，像是練車時，丹尼爾坐在旁邊的感覺，丹尼爾微笑的臉，在她眼前，慢慢地清晰起來。

卷五

1

隔週星期三上中文課前，志傑居然很早就到家了，「盼盼，要不要去麥當勞啊？」

「要啊！」盼盼從書堆中抬起頭來。

「我也要去！」妹妹也跑過去！志傑一手一個，把兩個女兒抱起來，往車子走。姜妍一臉錯愕，「等等，先穿外套！」

「不用了，外面不冷！」志傑的車沒熄火，一下子就開出車庫，姜妍若有所思地上樓，丹尼爾也正好到了。

「他們都出去了，志傑帶她們剛走。」

「有說去哪裡嗎？怎麼了？妳還好嗎？」

「說去麥當勞……沒事，只是有點突然。」

「他是爸爸，別擔心。」姜妍抬頭，「他會把孩子搶走嗎？」

「不可能，他不可以不經過妳同意帶走小孩，妳沒上班，法官會把孩子給對小孩最親的人，妳會是第一人選。」

「如果他回台灣呢？」

「可能嗎？他回台灣可能事情還比較簡單，孩子未成年，申請護照出國需要父母雙方簽名同意；而且小孩是美國人，美國政府不會輕易讓他把小孩帶離美國。」丹尼爾從褐色公事夾裡拿出一個白色的小盒，在姜妍眼前晃了晃，「還沒發生的事先別擔心，看，我給妳帶一樣禮物！古董店老闆說，這種四環相扣的形狀叫無盡的愛。」

「好漂亮喔！好像是酢漿草？四葉的酢漿草，好運的意思。」金色的環內嵌著四顆小鑽的耳環。

「我也不清楚，抱歉，鑽石小得可憐，得拿顯微鏡才看得到。」

「不會啊，我很喜歡。這可是我第一個跟真鑽扯上邊的珠寶喔！」

丹尼爾笑著幫姜妍戴上，然後在筆記本上畫著○×○×，遞給姜妍。

「這是什麼？」

「妳不知道嗎？」姜妍搖頭。「喔，其實很無聊，年輕的時候，男女朋友總喜歡用一些密語，一個是送妳一個吻，一個是擁抱的意思。太久沒用了，忘了哪個是哪個了。」

「可以任意重組嗎？」丹尼爾把畫著圈叉的紙，從筆記本上撕下來給她，姜妍用食指摸著凹下去的字痕，翻過紙來，又摸摸紙背凸出來的圈叉。

「不行吧，都是這樣交錯用的。」

姜妍收起紙，小心翼翼地捧著她的愛情，希望今後能給她帶來好運。

「要不要乾脆今天不上課了，我們出去兜風吧！」丹尼爾建議。

「可是她們回來看不到我們……」

「留張字條啊！盼盼中英文都看得懂吧？」丹尼爾說著，撕下一張黃頁紙寫著：「我們出去，等一下回來。Will be back in two hours!」輕輕牽起姜妍的手，一股暖意傳上心頭，她沒縮回，想起那次練車突然被抓痛的拇指，抬頭看丹尼爾，丹尼爾會意地揉揉她的拇指。

「今天你開吧，我不可能專心。」姜妍說。

「好吧，帶妳去一個地方。」

丹尼爾打開卡車乘客座的門，捧出一大把橘色的花遞給姜妍。姜妍驚訝地接過，微笑，「謝謝！」

卡車很高，雖然有個階梯，但姜妍個頭小，左手捧著花，右腳踏上階梯，可是門太開了，右手抓不到門把，居然一下子上不去！丹尼爾忍俊，兩手拖著姜妍的腰，把她送上車。

他們經過練車常去的中學，轉進旁邊的公園，有座很美的紅色木屋橋！怎麼從前練車都沒注意到呢？丹尼爾停車後趕緊又過來開車門，牽著姜妍的手下車，之後就不放手了，讓她走在右手邊。

「喔，我喜歡水！」姜妍說著，一直往左邊的河水看，月光照上河面，看得見淺淺流動的小溪，四周只聽得見蟲鳴跟潺潺流水聲。

「我知道妳喜歡水。」丹尼爾突然停下，陡地跟轉頭看溪流的姜妍撞上！她只到他的胸前，丹尼爾趕緊抓穩姜妍右臂，兩人尷尬相視，近得讓姜妍聽得見丹尼爾漸次加重的呼吸聲，一股男人身上特有的濃厚氣息傳來，他低頭吻了她。

輕輕軟軟，從沒有過的悸動讓姜妍不忍離開，半晌，丹尼爾停下，環手抱起她，走進木屋橋內，他讓她坐上窗台，緊緊從身後抱著，下顎靠著姜妍肩頭，她抿著剛才被吻過的唇，閉眼，深吸一口氣，再睜開眼，喔，突然想起今天七夕呢！才稍微有點上弦月，牛郎織女的季節啊，真希望世界在此靜止……

2

現在週三不上課了，既然志傑刻意把孩子帶開，姜妍就和丹尼爾出去。

「走，去我的公寓吧！」

丹尼爾的公寓在二樓，兩房兩衛，說是留一個房間給兒子們過夜。家具雖然簡單，但都很整齊，鋼琴和從前姜妍看過的古董黑木椅都在這，黑亮的鋼琴上有個細小藍花的陶土甕，旁邊有個橘色條紋的盒子，綁了個黃色蝴蝶結。丹尼爾彈完琴，把盒子拿下來，遞給坐在身旁的她。

「送妳。」

「你不用每次都送我禮物啊！」

「別高興太早，不是什麼值錢東西，只是想看妳驚喜的樣子，打開啊！」

姜妍斜睨他一眼，拉開緞帶，打開盒子，裡面是印著店名、透明的白色包裝紙，「Things Remembered」，一個銀色綴滿勿忘我的音樂盒！

「其實這是我第一個要送妳的禮物，可是因為要加刻妳的名字會另外多時間，沒辦法馬上給妳。」穿著磚色休閒衫的丹尼爾看起來特別溫暖，他在姜妍左頰上親了一下，姜妍轉頭還給他一個唇印。

音樂盒流瀉出電影《鐵達尼號》的主題曲〈My heart will go on〉。

「你喜歡橘色嗎？為什麼老喜歡送我橘色的東西？」

「我其實喜歡黑色，但是覺得妳笑起來就像我的小太陽一樣，所以忍不住選了橘色。嗯，不過，妳穿黑色的衣服很美。」姜妍今天剛好穿了件黑襯衫搭配淺藍窄裙，她看見鋼琴旁靠著牆的匾額，轉頭問丹尼爾。

「你買了這匾額後，嗯，曾經覺得……怎麼說呢？身邊有其他人嗎？」

「哈哈！我覺得看到匾額就想起妳！好像好像想告訴我什麼？或是要我跟妳說什麼？不瞞妳說，我做事一向謹慎，可是對於妳？我？我們？整件事到現在我都不知道怎麼回事？似乎時候到了，就有聲音要我做什麼？怎麼做？所有事都變成不是我能決定的……」說著，丹尼爾拉起姜妍的手，撫摸匾額上斑駁暗紅的「姜」……

※

「下星期，那個買畫的保羅，記得不？他請我們去他家作客。」

「我也同去？這是怎麼著？」巧顏一緊張就兩頰飛紅。

「同妳買主見個面，不作緊，很多人的，大夥兒隨意拿愛吃的東西走走逛逛聊著，甚且，人人都肯定喜歡妳的。」

「喜歡我？怎麼說呢？我……」巧顏今兒個穿了件荷葉綠的外衣，上邊繡著一朵朵粉色的空心蓮花，下著黑色長裙，戴了條黑石項鍊。

「妳挺美，同妳說話忒自在。」查爾斯大方地對她笑，他穿著中國藍衫藍褲，修長的身形懾人心魄。

「可我從沒去過那種地方……」巧顏搖頭，金色酢漿草耳墜前後晃動。

「妳去過哪兒了呢？什麼地方也沒去過，得出去走走，妳實不知道旁人會多喜歡妳。」

「你甭捧我了，我還是不去。」

「那咱們怎麼兜售貨樣呢？怎麼謝謝那些買主呢？」

「那原來就不是我的事兒，我至多只是個掛名兒的。」巧顏轉頭見著牆上掛著的行書，墨色有深有淺，字跡時而飛揚時而沉穩，運筆纏繞交錯，一時讓她心情更無頭緒。

「欸，就是這麼著，大夥兒就只知道妳這個掛名的，大夥兒也正是衝著妳來的。」

「可從前不就是你和佐仁辦著的嗎？」巧顏看著查爾斯的碧眼，總覺得查爾斯會讓步的。

「現下不同以往了，佐仁當上大官，不便當出入這樣的場子，再則，現今我們生意做得起色，才有人同來請，不去就是咱們的不是了。」好似每個男人講話都是有氣勢的，巧顏看著嚴肅起來，突地陌生的查爾斯：

「那，這會兒我該怎麼裝扮呢？」荷葉綠的前襟上，粉色荷花及墨色荷葉上的晨露，清澈欲滴。

「著什麼都好，合著妳，頗有韻味。」查爾斯的直言，讓巧顏轉過頭，窗外，三月天了，山茶開得正好。

「嗯……」巧顏的聲音微弱地散進風裡，被白日蒸發了，她繞過查爾斯，轉身進了後房。

陽光透進窗裡，巧顏覷眼看著光束，把乳白色的手絹別進衣襟，抬手紮緊髮稍，查爾斯還站在暗廳裡看她，她知道。

※

姜妍和丹尼爾不可置信地轉頭，兩人同時說：「怎麼回事？好像有人跟我們說話？」

丹尼爾左手圈住姜妍的腰，右手把她的臉往自己胸前靠：「可能我們太累了吧？喔，對了，我差點忘了！我得帶妳去買正式一點的衣服，下星期有個法官退休，我希望妳跟我一起出席那個晚宴。」

「我？我從來沒去過那種場合！」

「別緊張，我們都不是主角。」

「可是要是有人問我話，我不知道怎麼答！」

「哎呀，頂多問妳名字，大家一聽到就傻了，不會繼續問啦！更何況，老美都很愛扯，不喜歡當聽眾。走，先去買衣服吧，時候到了再緊張。」

他們進了一家專賣女裝的服飾店，「我特地上網查到這家店，有超小尺寸的衣服，希望他們沒騙人！哈，試看看這件吧！零號，嗯，還台灣製的耶！」

姜妍張大嘴，「這？我從來沒穿過這種衣服！」黑底閃著藍金色的菱形紋、無袖上衣卻有著旗袍式的高領，給人高貴的東方氣質。

「喏，配這件黑長褲，希望別太大！」

「有什麼需要我們幫忙的嗎？」女店員走來。

「有啊，妳看這個麻煩人物！妳們最小的就是零號嗎？萬一零號還是太大，就要撤妳們招牌了！」

「喔？」女店員拿著上衣、長褲，在姜妍前面比對，「好美喔！她腿長，跟你打賭沒問題！換給我們看看吧！」姜妍成了被打賭的對象，被人盯著，只好進了更衣室。

其實還不難看，她看著鏡前的自己，幾乎從沒穿過合身的衣服，以為美國不可能有她的尺寸，結果，簡直像是訂做的！還好今天穿了短靴，兩吋鞋跟讓長褲長度剛好！她看了看標籤「Petite Sophisticate」，嬌小精緻，是個丹尼爾曾經形容過她的詞。

「哈，我就說剛好合身吧！」女店員非常開心！

旁邊丹尼爾手上已經又拿了件銀色絲質長袖上衣，領口可以打個蝴蝶結、一件湖綠三分袖絲綢襯衫、黑色過膝窄裙……姜妍像是服裝展示女模，換穿了一個晚上，丹尼爾全部買下。

「怎麼要全買？我只需要一套啊！」

「以後會有需要啊，難得找到合身的衣服，不趕快買，沒了不是很麻煩。」

「先生，要申請我們的會員卡嗎？買這麼多有折扣喔！」

「我懶得帶一堆卡，等下次來，要是還有她能穿的再說吧！」

「放心，絕對特地幫你留零號的衣服！」

卡車回到姜妍的連棟屋已過十一點，正慶幸整個社區寂靜無聲，迎面卻走來同一社區的中國夫婦正要回家，他們看到姜妍在一個老美車裡，一臉驚異，姜妍知道躲不過，只好勉強跟他們揮手。

「很奇怪是不是？妳應該要考慮搬出來了。」丹尼爾說。

「我知道，可是我和志傑說過等小孩大一些。」

丹尼爾牽姜妍下車，看著她，吐出一口長氣，「我愛妳。」低頭給她一個吻。

姜妍接過袋子，露出那件黑色金亮的上衣，菱形紋路纏繞交錯，一如她此刻的心情。

3

星期六，天氣剛涼得稍透出一點秋色，丹尼爾依約來接姜妍，車子往山區開，兩旁洋房越來越豪華，柱子越來越多，宅院也越來越大，大到每戶都養了幾匹馬。離宴會地點有段距離的入口處，是個複製成小房子的信箱，然後兩排迎賓樹沿著車道轉彎，看見一棟有著一長排白柱長廊的兩層樓房。

「為什麼不在飯店辦宴會？要在這種看起來像住家的地方辦呢？」

「飯店太俗氣了，這種供人辦宴會或是會議的房子有大庭院比較隱密，尤其如果是不想讓公眾知道、不能透露商機、有關商業方面的會面，這裡其實是最佳場所，這是最早的用意啦！現在有錢人反而都選這種地方趕時髦，走，下車吧。」

「我好緊張！怎麼這麼大的排場？你應該事先跟我惡補一些人名……」接近門口處鋪著紅毯，居然有專業攝影師幫每對客人拍照。

丹尼爾幫姜妍開車門，要她勾著他的右臂，「噓，別慌，等一下妳只要點頭微笑就好，我會跟他們打招呼。」丹尼爾在姜妍額上吻了一下：「妳今晚真美。」

姜妍低下頭，好熟悉的讚美啊！在哪聽過？她看著頸上丹尼爾新買給她的藍寶石項鍊，她今天穿了那件無袖旗袍領的黑底金絲菱紋上衣，黑長褲黑短靴，酢漿草耳環和馬賽克戒；丹尼爾則是深黑色西裝，白上衣黃底藍點領帶。

兩人拾階而上，大門開處透出金黃色柔和的光線，好多人啊！全都拿著酒杯聊天，丹尼爾幫姜妍向吧台酒保點了兩杯加了檸檬片的琴湯尼，說很像檸檬汁，可是要慢慢喝。姜妍沾了一口，果然不錯，有點甜，冰涼涼地透進嘴裡，很舒服，只是得一直捧著玻璃杯，久了，冰地手指麻起來。

客人很多，上百人吧！每個人都得簽名，送禮的人倒是不多，頂多是酒或花。

「嘿，老丹！你好啊！上次那個火燒旅館案被你打得好慘啊！」

「哪裡？只是運氣，你也很難對付啊！我來介紹一下，這是姜妍，也是我的中文老師；這位是布萊恩和？夫人？」

「幸會，這位是我太太蓓蒂。」

「妳好。」蓓蒂伸出手來。

「妳好。」姜妍連忙伸手。蓓蒂有一頭金色長捲髮，稍顯肥胖，酒紅上衣黑長褲，也是褲裝。其實，在場許多女士們都穿套裝，也許都是律師，沒穿長裙晚宴服，沒那麼正式，讓姜妍放了心。

「一起坐同桌吧！」蓓蒂說著，邀大家坐下。姜妍把杯子放在桌上，右邊是蓓蒂，左邊是丹尼爾。他鬆開西裝外套的釦子，右手很自然地扶開領帶，捏一下姜妍的手，她轉頭微笑，深吸一口氣。

洋人的宴會很不一樣，入座後馬上有侍者問想要什麼飲料？也沒事先告知有什麼選擇？而且很禮貌地先問女士。

「嗯，來一杯冰紅茶吧！謝謝。」蓓蒂說。

「加一片檸檬好嗎？」侍者問。

「好啊，謝謝。」侍者幫蓓蒂在大肚酒杯裡倒進紅茶，再從托盤內的玻璃碗裡夾了一片檸檬放進去。

輪到姜妍了，她很警覺地說：「謝謝，我也一樣。」喔，因為她哪知道還能點什麼啊？

「我要可樂，謝謝。」丹尼爾說。

因為是慶祝法官退休，所以客人入座後，晚宴有特定行程：來賓致詞、法官答謝賓客，侍者把前菜、沙拉和主菜、甜點順序上菜、撤菜，雖然沒有姜妍擔心的應對，但是她卻得小心看丹尼爾如何放餐巾？先拿哪支叉子？哪支湯匙？吃完怎麼擺？像打仗似地，完全沒心思享受佳餚。

大廳天花板約是兩層樓的高度，吊著一個鑲滿水晶的燈飾；靠牆有個鑲貼黃銅的桃木嵌花桌，上邊的墨綠大理石桌面上，擺著一大盆鮮花。

「也許房子主人是西班牙來的移民！你看，大門旁邊那個小木桌，不就跟我們初次見面在古董店看到那小桌子一樣嗎？」

「嘿，真的耶！妳記性真好！」

節目單上的預定行程結束，眾人起身鼓掌，也彼此寒暄，並陸續等候跟法官當面道別，然後各自開車回家，非常新奇的體驗。

一個靜謐、甜美的夜晚！姜妍偏頭，伸手扶好正在晃動的醡漿草耳環……

※

宴會在山旁一所白色洋灰泥的房子，門前一列羅馬式綴著蕨類柱頭的白色柱子自屋簷搭下；窗子鑲的玻璃，因是吹出來的，是以表面並不光滑，間雜著細小熔點與氣泡；兩旁黑色的木頭窗櫺向外敞開。

「怎地要有兩層窗子呢？又有玻璃的，又有木頭的？」巧顏小聲問查爾斯。

「那叫shutters，像是你們中國的木頭窗櫺，雷雨季來了，可差下人把木頭的窗子再關起來，就聽不進雷聲了。」

「噯，這多講究呢！還有這……這房子真高啊！」高聳的前廊上，狹長的吊燈從簷底垂下。

「不，那是屋內有梯子的樓房，約莫有兩層樓高。」

「嗳！」巧顏直挺著身，眼睛上下看著這很不一樣的洋房，突然不走了！「我……我有些慌了。」

「噓，不慌，都是些聽過名字的客戶，等會兒妳只須點頭淺笑即可，我自會跟他們招呼。」查爾斯輕扶著巧顏的背。

「裡間會有別的女人嗎？」

「當然會，人人都帶他們的太太來。」查爾斯低下頭，在巧顏耳邊說：「妳今晚真美。」

巧顏低下頭，羞赧地看著頸上的玉佩，頭上的髮簪搖了搖，她今日著了襲湛藍滾邊乳白色的長衣，湛藍百褶長裙，配戴黃褐色雕著蟠龍的古玉珮頸鍊，同色澤的手鐲，及繡著蓮花的鞋子；查爾斯著深藍西裝，白上衣藍領結，黑皮鞋。他走近巧顏，挽起了她的手，巧顏抬頭。

「別慌，這是西方禮數。」巧顏點點頭，又開始緊張起來，反倒靠近查爾斯一些。

查爾斯輕按門邊雕花黃銅電鈴，門一開，透出金黃色柔和的光線，好些許人啊！都擎著酒杯聊天兒，衣香酒香填滿了屋子，一個蓄著山羊小鬍的瘦高個走來。

「張夫人好，我是保羅，頂榮幸終於能和妳見面，有很多食物，請別過於客氣，儘管取用。」那個保羅，拿起巧顏的手親吻了一下，就走了。

「妳瞧，沒什麼可慌的，對不？美國的筵席就是如此，儘可能放鬆，享受氣氛。」

巧顏鬆了口氣，查爾斯幫巧顏向吧台酒保索了杯粉色的紅莓麥酒，說很淡，像極水果酒，頂好喝。洋人的宴會很不一樣，沒什麼吃的，長長的桌子雖是布滿了食物，可用的都是淺淺的大盤，薄薄一層食物一下子就變少了，讓人不敢一次取太多。實的呢？也不能這麼說，因著洋人講究食物新鮮氣派，一次只放一些，下人會隨時注意加菜，深恐一次上多了變涼，色澤差了也不經看。

巧顏看著查爾斯，正如魚得水似地和朋友談笑，宛若回到他的國家，不禁失了神……

「妳瞧什麼呢？或是在想些什麼？」查爾斯問。

「沒事兒。」

「想四處走走看看嗎？」巧顏點頭。

客人大多在大廳找位子坐下，且聊且吃。大廳的樓板挺高，吊著一個鑲滿水晶的燈飾；靠牆有個貼黃銅的桃木嵌花桌，上邊的墨綠大理石桌面上，擺滿主人從小到大的照片；牆上懸著一塊繡著樹枝、麋鹿、火把圖騰的織布。

「瞧，那是保羅西班牙皇家血統的伯爵勳章，小桌兒旁即是他小時穿的騎士服。」

巧顏吃驚地瞧那件有著黃銅護鉫的黑皮衣褲和帽子，旁邊隨意擺了一些高背椅，張張各異：簡單的垂直椅背，有高聳的木頭框架和墜著穗子的靠枕、有老虎爪扶手的紅條紋靠椅，或是簡單的小圓椅，裝著紅絲軟墊。查爾斯引巧顏至一張雕著方格木紋，左右相反的白色方格軟墊椅坐下，雖則屋子裡人多，感覺上並不喧鬧，大夥兒都輕聲說著話，怕吵著旁人似地，巧顏看著，反倒落寞起來……

4

星期天，去中文學校教書時，許多人遠遠看到姜妍就走開了，姜妍沒時間想為什麼，匆匆進教室教課。下課時，志傑坐在學校餐廳，和一堆人聊天，清一色是媽媽們，大家看到姜妍來了，都靜下來，視而不見地轉頭，然後尷尬地離去，有些人則遠遠地帶著不屑的眼神看她。

隔週，再要去上中文課的前一天，志傑說：「現在不方便載妳去中文學校，反正我們有新車了，舊的那輛車給妳開，妳可以自己去。」

丹尼爾說，沒關係，我帶妳去。

「可是我得教兩小時課，再等小孩上一小時課外活動，才能回家。你這三小時要做什麼呢？」

「我可以練習中文啊，正好現成有許多人在學校和我練習。」

「別開玩笑了，你不覺得彆扭嗎？」

「不會，我的出現反而會讓很多人覺得彆扭。」

「那你的週末就沒了……其實，我可以自己試著開。」
「妳怕別人指點，對不對？還是……我太老了，不想讓別人看到我？」
「都不是。」
「那就勇敢面對，志傑不載妳去，就是有心理準備要我出現。他不覺得尷尬，我為什麼要覺得奇怪呢？」
「我只是想，也許我該獨立一點，能自己開去。」
「妳還不行。」
「為什麼？我開小路就是了。」
「妳知道為什麼，對不對？」丹尼爾柔聲問。
再隔週，教務主任把姜妍找去：
「姜老師，我不知道你們到底是怎麼回事？可是妳先生到處在說妳，學校是公共場所，許多家長來來去去，多少聽到一些，他的聲音又大，我覺得對妳不太好。」
「他說什麼？」
「我不清楚，我只是斷斷續續聽到他說妳在搞外遇，他很痛苦，沒辦法做事，想找別人頂他康樂的職位。」
「他沒說我們已經分居了嗎？」
「我不知道，他說是妳要和他分的。有這麼嚴重啊？沒辦法解決了嗎？唉呀，其實婚姻都是一樣，我們也常吵啊！每次就說要離婚，還不都過半百了！有什麼好爭的呢？睜隻眼閉隻眼就過去了，我勸妳……」

回到家，姜妍又接到一位老師類似的的電話。她問志傑到底怎麼回事？

「什麼怎麼回事？我只是說我沒辦法再接康樂的位子。」志傑邊說邊往廁所走去。

「我們的事應該是我們之間的事，我沒背著你做任何事，你不該亂說。」

「我亂說什麼？我是說過你們可以先約會，我可沒說妳可以和他上床！」志傑當著姜妍的面，走進廁所，也沒關門就解決起來！

姜妍看著志傑，看看廁所的門，倒退了幾步，然後別過臉去：「我們分就是分了，我的事不用你管！」兩個人沒了肌膚之親之後，看到裸露的對方，竟有種不適的感覺，這該是對人基本的尊重吧！

「妳覺得沒錯就不怕別人說！」

姜妍倏地轉頭，這是在羞辱她嗎？她瞪著志傑，直到他垂下眼！

隔天，她打電話跟中文學校辭職。

再隔天，她跟朋友婉拒繼續當褓母。她的世界更窄了，從此不需要再和任何人接觸，除了家人、孩子和丹尼爾。

5

「姜，妳好嗎？」是丹尼爾。

「我很好，你怎麼打電話來了？」

「我只是沒來由地擔心妳，妳沒在我身邊，我不知道妳好不好？我想讓妳知道，我非常愛妳，我們會有辦法在一起的，妳要等我，不要擔心，只要我們有信心，什麼時候開始都不會太晚，好嗎？」

「……」

※

「姜，妳去哪了？都半夜兩點了！怎麼不在家呢？小孩生病了嗎？妳把我急死了！」

「對不起，這麼晚了，你怎麼還沒睡呢？我是去一個朋友家，他們找我去，問我怎麼回事，老朋友了，也是唯一還肯聽我說話的人，所以我急著跟他們解釋……」

「結果呢？他們聽嗎？」
「我不知道，他們可以理解，只是還是希望我多考慮。」
「考慮什麼？回去志傑身邊嗎？奇怪了，不干他們的事吧？志傑又沒要妳回去？不管怎樣，為什麼沒借電話打給我呢？妳知道我會找妳的，對不對？」
「我想，小孩和志傑都在家……」
「他們沒接電話，害我像瘋子一樣一直打。」
「對不起。」
「沒事就好，我只是很擔心妳，從來沒有哪個女人讓我這麼擔心過，下次早點回家，懂嗎？我差點去找警察了！」

※

「姜，我告訴莎莉我們的事了。」
「為什麼？我以為要等你們正式離婚以後。」
「不行，我不想讓她從旁人那裡聽說妳的事，雖然我們在分居時就講好，已經互不相干了，可是她總會做聯想。」
「小孩也知道了嗎？」

「知道了，他們正值青少年反叛期，老大說我讓他在學校丟臉。」

「不會的，他們還是愛你的。」

「希望他們大了會懂。」

※

「姜，我今年不選法官了，因為太多事了。」

「喔，對不起。」

「也許這輩子都沒機會了，好不容易才等到有人退休。」

「你做什麼事都會成功的，因為你踏實，不用擔心。」

「莎莉威脅要送黑函，登報，告我們通姦……很奇怪，我以前會跟她上法庭的，現在我不在意了，要告就去告吧，我承認就是，我只在意不要傷害到妳。」

「你說什麼？我不懂，為什麼她可以告我們？」

「因為我們都只是分居，所以她可以告我們通姦，但是，這在認定上還有辯論的空間，不要擔心，只是……我不想讓妳面對這樣複雜的事，所以會直接認罪，妳懂嗎？對不起。」

「不，不要這麼說，做你該做的事就好，不要給自己太多壓力。」

※

「姜，妳可以搬出來嗎？」

「我？我跟志傑說過，等孩子大了，上大學，不住家裡了再說。」

「那我們呢？等到六十歲再結婚嗎？」

「可是我搬出來住哪裡呢？房租、生活費，都是問題，小孩也要轉學。」

「先租公寓，不要擔心錢的事，錢可以想辦法，但是至少你們要先合法分居，妳就要搬出來，不能用中國人分房的方法，還住在同一個屋簷下，對妳沒有保障，大家都會覺得奇怪，難道我們要偷偷摸摸約會十幾二十年嗎？」

「我們沒有偷偷摸摸啊，志傑知道，莎莉也知道，而且，我有我東方人的壓力，朋友、兩邊的家人，我父母都還不知情……」

「搬出來才是公開分居，簽了協議，才會有法律保護妳，口頭上說說沒用。妳的父母，永遠是妳的父母，他們會諒解的；是妳的朋友，也永遠會是妳的朋友；至於志傑的朋友和家人，以後都跟妳沒關係了！這是妳的生活，妳自己要過的，別人的認同沒辦法給妳幸福，懂嗎？」

「我懂，我只是希望我有勇氣，不顧一切跟你走。」

「妳可以的，妳都會開車了，最怕的事都克服了，證明妳是勇敢的，對不對？站出來面對自己吧！這裡是美國，沒有人可以批評妳，我的父母朋友都會喜歡妳，不要擔心，不要做讓自己後悔的事。」

姜妍放下電話，這些日子以來，丹尼爾每天晚上都打電話給她，她喜歡聽他的聲音，可是也害怕即將而來可能的改變，未來感覺是黑色的，濕冷、厚重。她此刻正如在泥地裡走著，有一股看不見的力量拖著她，看不著邊際，只能漫無目的地走，走到走不動了，化作泥被水沖去，再讓後來的人走，走著……什麼也沒留下……

只是，卻有個奇特的聲音越來越清晰，總是在她碰觸馬賽克戒指、酢漿草耳環，或是髮簪時出現；甚至有時看著丹尼爾的眼睛，或是聽到他的聲音時，也似乎能感覺到有股熟悉的力量，要？真的像丹尼爾說的：他們好像好像好久前就認識了。是了，有股力量一直讓她想起那方匾額……

※

木頭窗櫺從上至下，佔滿進門處的整片牆，沒有牆了，只是窗。從這間巧顏臥室外的小廳，可看到天井。巧顏極愛窗子，每每看得陽光透進縫來，就會走至窗邊瞧日出，瞧得全身都暖起來，瞧見查爾斯從天井處走來……近日來，查爾斯淨要巧顏跟他去美國，為著朝廷和西方國家的關係不甚好，鴉片的關係吧！英國和法國大量壓低鴉片的價錢，讓中國人上癮，社會上奢迷的風氣瀰漫，朝廷為要改善狀況，專責林則徐禁菸，可也因此讓中國和西方國家的關係緊張起來，居住在中國的洋人危機感上升，紛紛走避自己的國家。

「巧顏，隨我去美國住下罷？」陽光從棉紙窗櫺間透進來，照得查爾斯的臉和身上一格一格的。

「可我不能走啊！」巧顏走進暗裡，一層黑。

「怎地？妳沒孩子也沒親人，把這邊兒的事給結了，我們一塊兒去美國住下來。」光線裡的細小塵埃，順著光裊裊飛上去，厚厚的，怎麼飛也飛不完。

「可我姓張，這裡好些人……」

「分派他們一些錢就是了，妳總得要為自己活啊！」

「可大家會怎麼個說我呢？」

「說妳什麼呢？妳已經守寡這些年了。」

「就是如此，大姑一再告誡，要守得一座牌坊給張家，生命事小，名節事大……」像是大姑的聲音，佔據了巧顏的喉嚨。

「這我就不懂了，再嫁有什麼不對的？牌坊能做得什麼用？妳的生活呢？」

「就如同前朝的官員不仕今朝一般，女子一樣不事二夫……」查爾斯的臉被光暈得看不清，巧顏像是對著一大群塵埃說話。

「小姜，可是我愛妳，不要管那些。」

巧顏一聽到查爾斯叫她的小名，心酸起來。「我也是，只是，只能怪我們相識太晚……」

「沒這會子事，命運掌握在我們自己手裡，今生有什麼樣的運，乃是自己造成的，機會來了就得抓住，愛情來了也不能躲，否則要後悔的，知否？」

「可我沒法子做決定，太多人阻止我……」巧顏的頭有些暈眩，對面查爾斯的臉，剛好被鑲在窗格裡了，美得像幅畫。

「跟我走就沒那些人了，有我在，妳不需費心。」

「可人生地不熟的……」

「正巧開始一個新生活啊，有我在，妳不信我嗎？」

「我信你，可是……」查爾斯捧起巧顏眉頭深鎖的臉，在她額上親吻一下，巧顏需要這種踏實的感覺，忍不住向前挪靠著查爾斯。他今天穿了件灰色長袍、暗藍色褂子，他至愛東方，可惜辛苦把自己變得很東方之後，還是得走，回去西方，回至原點。

「我永遠愛妳，後天記得，我在客船那兒等妳。」查爾斯固執地說著，他總覺得，他的巧顏是頂頂聽話的。

「我……我也愛你，不管怎的，記得我永遠愛你……」巧顏閉起眼，查爾斯俊美的畫像，烙進心裡，七年來的情份，也埋進心裡，她微仰著頭，小心翼翼不讓淚水從眼角滑下。查爾斯緊緊地擁她，收緊的雙臂讓巧顏微微生疼，她靠著查爾斯的胸膛，男人身上隱約的厚重氣息令她暈眩……

許久，她輕輕推開查爾斯，關了前廳的門，然後轉身牽著查爾斯的手進了臥房，查爾斯背靠著房門，反手鎖上，然後摘下巧顏頭上的銀簪、玉梳，綢緞似地長髮，映著微光，像飛瀑似地滑下，在巧顏的腰線處款款擺動。查爾斯走至巧顏身後，把臉埋進巧顏髮裡，巧顏看著鏡子裡，自己年輕堅毅的臉，她慢慢鬆開頸間的團釦，卸下青綠外衣，然後拉過查爾斯的手，放進自己青白的長衣裡……

細細的塵埃還是滿滿地往上飄，有陽光的地方才見得到它們，巧顏瞧著身旁熟睡的查爾斯，像嬰孩似地抱著磁枕趴睡著，隆起的背隨著呼吸起伏，褐色的睫毛捲捲地覆著好看的眼線，細薄的唇線下，削出月彎形的下顎，細小的鬍渣才剛剛冒出頭……她忍不住伸手撫摸著查爾斯圓凸的下顎，查爾斯張開沾著晨露湖水的眼，抱過巧顏，沉進湖底。纏綣的愛情在波濤深處熱切呼應，沒了華麗的外衣，任何碰觸都是最美的顫動。

月光從窗櫺間窺伺著，查爾斯起身，著回淡青長袍，巧顏幫他順好額前的髮。

「明晚，在船頭等妳。」

巧顏沒回答，送查爾斯進前廳，關上門，從窗口看見查爾斯在天井處回頭，帶著滿滿的笑，走了，走進塵埃裡……窗台已濕。

6

親愛的姜：

第一次見到妳的時候，妳站在樓梯的最頂層，沒有下來，我一抬頭就看見妳修長的腿。然後，每次上課，如果妳得站起來拿東西，我就忍不住盯著妳的背影，我喜歡看妳走路的樣子，一種亞洲女孩特有的樣子。

我總是在快到妳家前的加油站，停下來抽根煙，因為這樣我可以把到妳家的時間控制得很好，又可以讓接下來沒煙抽的一個半小時好過一點，我喜歡準時到妳家，按門鈴等妳下樓、轉動門把、開門，四年了，妳還是低頭害羞地看我一眼，淺淺地笑意蕩漾在妳的嘴角，然後很快地轉身上樓，輕俏的背影總讓我有一種熟悉的感覺，好像認識妳好久了。

妳問我為什麼喜歡妳？我也說不上來。我不像妳有細膩的文字能力，總是能很輕易地讓人感動，我只會律師性地分析事情，可是對於感情，我無法分析，也無法有條不紊地計畫，我只是瘋狂地想妳，想知道妳好不好，想看看妳。

那天，我們兩家人約去餐廳吃飯，我們到得早，看到妳們的車，小孩和志傑都下來了，妳還在車裡。志傑激動地說，有個人在妳車後多沒耐心地按喇叭，妳多緊張不敢開……可是我只是著急地看著妳車內的背影，怎麼還不出來呢？然後妳下車，很快地看我一眼，又低下頭，那樣深受欺負的眼神，讓我心裡一陣陣地痛起來，使我不由自主地加快步伐跟在妳身後，問妳怎麼了？沒開多久就不開了？妳沒回答。

吃飯時，我找盡話題想盡辦法像往常一樣，用我破破的中文逗妳笑，可是你沒笑。從那天開始，我知道我再也壓抑不住對妳的情感了！我要妳快樂，我不要妳委屈！那天，妳穿的是一件黑上衣，淺藍色長布裙，很奇怪，在每個特別的回憶裡，我總是能記得妳當時穿什麼衣服，妳穿黑色的衣服真的很美，那是妳的顏色。

接下來的那個星期三，我去妳家上中文課，妳帶著孩子在外面玩，天氣很熱，妳穿一件短袖合身的黑上衣，牛仔短褲，好像正彎腰撿起什麼，我看得呆了，連打個招呼都結巴。

妳問我最喜歡妳什麼？我說是妳的眼睛，很有神，水水亮亮的，很認真看我的樣子。妳笑說，妳們西方人的眼睛才大才漂亮！「可是她們沒有妳有情！」妳又不好意思地不敢看我了。我喜歡把妳推到極限，看妳不知所措的樣子。

其實，我真的覺得，我們上輩子就認識了，也註定這輩子會在一起，那是一種很熟悉、只要用眼神就能溝通的靈契。說起來很不可思議，可是真的就是這麼單純的想念，讓我不顧一切去追求。我們都活了快半百了，也做了多年眾人一致公認的模範，我總覺得是我們可以對不喜歡的事說不的時候了。我很抱歉在還沒完全結束我的婚姻前就來追求妳，可是我怕來不及，我也希望妳能相信我，讓我們一起為將來努力，我真的很愛妳，妳知道嗎？

妳生日的前一天晚上問我，明天會不會來？我說明天好多事情，可能走不開。我知道妳很失望，後來我跟祕書說，得去法院圖書館找資料，就來了。妳很驚訝，可是我也知道是在妳意料之中，我想我成了妳的奴隸了，可是我甘願。

後來，我又藉機在去完法庭後，順道來看妳，只為了看妳閃亮的眼神。

妳問我晚上會來嗎？我的德國毛病又犯了，說，可能沒空吧！妳冷冷地答，那就算了吧！我急著問妳什麼意思？妳說沒有，就這樣。我問妳是不是生氣了？妳不回答。我說好，我來。妳說不要吧，不好。我問剛剛不是說可以嗎？妳說不方便。我跟妳說愛妳，等我，就來了。妳開門，沒抬頭看我，我記得妳也說最喜歡我的眼睛了，可是妳不看我。我問可以進去嗎？只要五分鐘。妳考慮了一下，讓我進去。我看著妳，說從沒有一個女孩子讓我這麼慌亂，這麼束手無策，這麼害怕失去，我總覺得世界上還有一大堆各式各樣的女孩讓我挑，男子漢大丈夫，何患無妻！可是對妳，我怎麼樣都做不到，妳就站在我心尖上對我吹氣，讓我又癢又疼，妳是女巫嗎？

妳知道，那陣子妳還處於中式分居的樣子，只是分房沒搬出來，對我是多大的折磨！我只能和妳通電話，一講就是一兩個小時，天曉得我最討厭講電話！可是我喜歡和妳講話，況且，能聽到妳的聲音總比什麼都沒有好。然後，每次約妳出來，總得知會志傑，好像我在跟他的女兒約會！對美國人來說實在離譜！可是我得體諒妳，給妳時間慢慢從妳的舊生活中退出，給妳時間確定我確實愛妳。我們就這樣約會了四個月，第一次，妳穿了件嫩黃色的上衣配牛仔裙，當我開車門看妳上我的卡車時，好像回到高中時和女孩約會的日子。那次，我買了一束橘黃色的不知道什麼花送妳，妳笑得跟花一樣甜，我說以後不送了，這種東西太傷了！可是我還是忍不住逛各種小東西的店，送妳項鍊、音樂盒、手環、別針……我喜歡看妳高興起來亮亮的眼睛。

其實，四個月來，三十六次在停車場等妳的日子，妳能想像嗎？一個四十多歲的老男人，抽著煙在停車場等他的女友有多無奈？多無助？多少次我擔心妳會不來，又回到志傑身邊，妳還跟他住一起啊！他有多少機會可以挽留妳！

妳知道嗎？從知道妳也喜歡我開始，我的生活就開始有了色彩，有了快樂的感覺，對多年沒有這種感覺的我來說，幾乎有點不習慣，甚至還會有偷來的、即將失去的恐懼。妳說妳很怕失去我，怎麼可能？妳這小傻瓜！

我要怎樣才能讓妳確定我的愛呢？像我這種年紀的人，要的已經不是世俗的美女，我要的是一個讓我每天想急著回家看的人，每天有說不完話的人，我覺得妳就是，妳能懂嗎？我的女巫，我的小東西。

深愛妳的丹尼爾

卷六

1

客廳海灣形向外凸的落地窗上，釘著希臘式厥類柱頭，穿進深褐紗簾，再以另一面彩蝶窗簾襯底。風起時，紗簾和彩蝶翩翩飄起，常讓姜妍看得發癡。

「盼盼，媽媽每天跟爸爸吵架，媽媽跟爸爸處不好，我們很多地方不一樣，沒辦法繼續在一起……」姜妍看著做功課的大女兒說。

「妳是說要和爸爸分開嗎？」鼻音混著淚水染紅了眼睛。

「誰告訴妳的？」

「沒人告訴我，因為你們常常吵，我同學有人的爸爸媽媽就分開了。」大女兒的眼淚掉了下來。

「媽媽可能不和爸爸住了。」姜妍看著大女兒說，她總覺得誠實是解決事情最好的方法。

「媽媽是說要離開我們嗎？」大女兒終於哭出來，小女兒看姊姊哭了，也跟著哭起來。

「別哭，媽媽永遠不會離開妳們，媽媽永遠喜歡妳們，媽媽也要妳們每天快快樂樂地，只要妳們快樂，媽媽就快樂，媽媽只是不和爸爸住了……」六歲的孩子能懂嗎？可是不說，要瞞到什麼時候？瞞著，不就是間接幫孩子做了不面對問題的決定？

「那……那妳要住哪裡呢？妳沒有上班，沒有錢怎麼辦？」孩子有時候懂事地讓人驚訝。

「不要擔心錢的事，爸爸和媽媽講好，會給媽媽錢，讓我們住到外面的公寓去。」

「那爸爸住哪裡呢？」

「他可以還住這裡，也可以把房子賣掉，搬到別的地方。」姜妍把兩個女兒拉過來：「想想看，如果爸爸媽媽分開了，妳們就不會看到爸爸媽媽吵架了，爸爸會比較快樂，媽媽也會比較快樂。妳們上學的時候跟媽媽住，星期六星期天跟爸爸住，會有兩個家，好不好？」

「我們要換學校嗎？」大女兒問。

「現在不換，我們先住公寓，還是去舊的學校上學，等暑假過後，妳們也要分班了，到時候又是新同學，到時候我們再換新房子，然後換學校……」

「好啊，要換新房子嗎？我要有盪鞦韆的！」小女兒睜著大眼睛說，姜妍摸摸她的頭，她一轉身就跳上姜妍的膝頭，抱著媽媽的脖子。

「盼盼，妳喜歡叔叔嗎？」姜妍幫盼盼把頭髮撥到耳朵後面。

「喜歡啊！」盼盼的眼睛亮起來。

「媽媽也很喜歡叔叔，媽媽跟叔叔在一起很快樂，如果我們跟叔叔住一起……」姜妍試探地問。

「我知道，只要媽媽快樂，我就快樂！」大女兒貼心地學媽媽的話說。姜妍心疼地抱著這個即將七歲的大女兒，剛滿四歲的小女兒貼著媽媽的臉，她們都還小，小到只要確定大人們都還喜歡她們就夠了，大人的世界太複雜，連他們自己都弄不清，日子，真的只要快樂就好！

2

半個月後，姜妍搬出來了，家裡的東西大致對分，房子以後賣了，也各分一半；結婚時的首飾，志傑建議各自拿回去，也好，所有對方的東西全都還給對方；貝殼呢？志傑說，當初有情的時候送的，現在和情份一起還他吧！照片呢？姜妍帶走了一些小孩的照片和自己的獨照，合照就隨志傑處置。十二年的情份，就這樣，在短短的兩個星期內裝箱完畢。感情沒了，分割起身外之物，像是分贓一樣。

她看著少了一半家當的房子，反倒清爽很多。順手把房子整理了一下，餐桌上鋪好桌布，擺好餐墊，中間放了盆開得正盛的螃蟹蘭，酒紅色的花，層層開放，把仙人掌的肉葉壓成了弧形，真像隻張開大鉗的螃蟹。姜妍拿出紙筆，給志傑寫一封信，算是告別：

「我走了。

這樣的結局，也許對大家都好，也許正如你所說的，我們今生的緣分，只能到此。不論如何，你我都曾經真誠對待過，過去也許不盡完美，總是會有所得。謝謝你曾經給過我的歡樂，不做夫妻了，希望我們還是朋友，也祝福你。

妍」

請保重。

她拿出信封，把寫好的短箋放進去，想了一會兒，又拿出來，信封？也許不必了。她走到電話前，把短箋壓在電話機座下。

一個月後，志傑也搬出去。為了能省點清理費，早點賣掉房子，姜妍自願在孩子都上學後回去打掃。空了的地毯上，儘是家具多年來的壓痕，看得出從前的位置。她走進廚房，流理台上還擺著電話，電話旁那張信箋也還在，志傑應該看過了吧？留著，顯然就是一種嘲諷！其實也是，走了就走了，還說什麼呢？她把信箋揉成一團，丟進垃圾袋，一塊扔進大垃圾桶去。

3

新搬進去的公寓，雖有兩房一廳，可是東西不多，顯得冷清。姜妍其實喜歡空空的感覺，簡單明亮，比較沒有壓迫感。

天涼了，轉眼就要過聖誕節，姜妍和丹尼爾說好，一起去百貨公司幫對方買禮物。這天，姜妍穿了件丹尼爾幫她買的，有著白領白袖口的暗紅色襯衫和牛仔褲。

「妳今天很美，看，妳應該要穿這種合身的衣服，因為妳有很棒的腰身。」

「可是我沒什麼身材，太瘦了！」

「喔，美國女人恨不得自己瘦一點！永遠沒有『太瘦』這兩個字，而且妳看，我幫妳挑的這件上衣，很合身，反而覺得妳很有身材，對不對？嗯，妳有腰帶嗎？」

「沒有，不需要啊，因為牛仔褲不會掉下來，剛剛好。」

「小姐，腰帶不是用來束緊長褲的，是用來裝飾的，不能把長褲束得很緊，會弄亂長褲的線條，要平整才好看，買長褲的時候就應該要買合身的。」

「喔，是的先生，你怎麼這麼懂啊？」

「因為我看過的女人比妳多呀！」姜妍有些不悅。「好了妳看，我們正說到腰帶，就看到腰帶了，剛好可以幫妳選一條，嗯……」姜妍的手機響了起來。丹尼爾看她，是誰呢？有些熟悉的號碼，可是姜妍也不確定。

「妳老公呢？」是講英文的！姜妍愣了一下，以為是志傑的同事，找志傑的，因為這曾經是志傑的手機。

「他不在，請問哪裡找？」

「那妳在哪裡？」姜妍的臉越來越僵，好像是莎莉的聲音，她找志傑做什麼？還是她是找……

「我……我在自己的公寓……妳是……莎莉嗎？」不知道為什麼？她隨口撒了一個謊。

「沒錯，妳老公呢？」

「我……妳是說志傑嗎？妳找志傑嗎？」志傑好像成了擋箭牌，因為姜妍不想讓莎莉跟丹尼爾說話。

「不是！我沒有要找志傑！我要跟妳的另一個男人說話！」聲音歇斯底里起來，夾著濃濃酒味的感覺。

「妳是說……」

「我要跟我的老公說話！」淒厲中帶著挑釁的意味，是的，丹尼爾還是她的先生，他們只是分居而已。

姜妍看著丹尼爾說：「他不在這，他去買東西了。」

電話「喀」地一聲斷了！姜妍愣在那，丹尼爾過來：「怎麼了？誰打來的？志傑嗎？」

姜妍搖搖頭，抬起頭，說：「怎麼可能？是講英文的，是莎莉打來的。」

「她打來做什麼？她說了什麼？妳還好嗎？」

「我騙她你不在這，你去買東西了！」

「妳可以讓她直接跟我說話，她知道我跟妳在一起。」

「對不起，我只是覺得很怪，想先跟你說一聲。」

「沒關係沒關係，我沒有責備妳的意思，不要老跟我說對不起，我只是說下次不要緊張，有事讓我處理就好。」

「我跟她說，你去買東西了……」姜妍像呆了一樣喃喃自語……

「好，那我不能馬上回電話，我等一下再打。」

「我跟她說，你去買東西了……」

「怎麼了？小東西？我已經聽到了啊！」

「喔！我……」

「我們？還買東西嗎？」丹尼爾問。

「喔，對！買東西，我……」姜妍想起來，今天說好是要來幫對方買聖誕禮物的！

面。」

「我……我需要在這裡買一些東西……你也是吧？這樣好了，我們半個小時後在這碰面。」

「好。」換成丹尼爾心有介事似地。

姜妍其實心裡早就計畫好要買什麼，她走到男裝部門，選了一條黑褐兩色，雙面兩用銀色扣環的義大利皮帶、一條隨著光線會反射出綠色米色藍色斜紋的真絲領帶、然後又挑了件酒紅色的喀什米爾圓領毛衣，她摸著柔軟的羊毛，忍不住把臉頰貼上去，眼睛閉起來，享受一下暖暖的溫度……喔，時間差不多了，她得結帳了！這可是她買得最快的一次！順手又抓了一雙長毛拖鞋，冬天了，在家穿正好。

丹尼爾呢？丹尼爾正向她走來，可是兩手空空的。

「怎麼了？沒找到合適的東西嗎？」

「沒有，買妳的禮物最難了！我們先回去吧，我下次再買。」

丹尼爾失神地連禮物都忘了幫姜妍提，大包小包的，姜妍提得跌跌撞撞，丹尼爾幫姜妍開車門時看到，回過神似地道歉：「對不起，忘了幫妳提了，我來我來！」說著幫姜妍把東西放進車裡，可是還是又回到剛剛的情緒裡，看來是真的擔心那通電話。一路上兩人都沒說話，各人在自己的情緒裡，姜妍恨那通電話，破壞了今晚所有的計畫。

到了姜妍的公寓，時間其實還早。

「你要吃點東西嗎？」姜妍問。

「不了，我可以打個電話嗎？對不起，我必須先解決事情。」

姜妍踮起腳尖給了丹尼爾一個吻說：「愛你。」丹尼爾回過神來，回親姜妍，也說：「愛妳，不會有事的。」

他拿起手機，在窗口來回踱步。姜妍盤起腿，坐進搖椅裡看他。丹尼爾走過來，右手食指彎起來撫著姜妍的右頰，苦笑了一下。

「嗨，吉米！怎麼回事……我沒有瞞你們的意思……」

「我不可能再回去……」

「……強恩呢？他怎樣？他要跟我說話嗎？好，不用……」

「妳冷靜一下……」

姜妍離開客廳，進了臥房。斷斷續續的答話讓她不安，她沒心思猜想，只是有些著急地看著腕錶。

丹尼爾終於掛了電話，嘆了口氣：「對不起，我講太久了……喔，來不及了！我們得去接妳的小孩回來！」

新的生活，在雙方孩子的接送間過著。

4

週末，照例只有姜妍一人在家，她喜歡打開音響，聽一些國語老歌或是丹尼爾彈的鋼琴曲。丹尼爾在每首曲子前都錄一段介紹，告訴姜妍這是誰的作品和曲名，偶爾調侃幾句自己不甚熟練的琴藝。姜妍喜歡聽他的聲音，總是反覆倒帶，只為了聽丹尼爾的旁白，她抱著枕頭，坐在地上，手機突然響起，嚇了她一跳！

「他呢？我要跟我的老公說話。」是莎莉，這次很清楚地指名要找丹尼爾。

「他不在這，他還在公司。」姜妍慶幸不用說謊。

「喔，他說他要來接小孩的啊，可是到現在都還沒來！哈哈，我知道，因為他要妳，為了妳，他連孩子都可以不要，什麼樣的父親啊？他？」

「我想妳弄錯了，他是說了今天會去妳那裡，然後帶孩子出去吃飯，他沒說他會來我這裡。」

「喔，他沒說？他還沒跟妳說吧？他因為今天晚上要×妳，所以不能來看孩子，高興嗎？」姜妍很驚訝莎莉會說髒話，還好，英文的髒話對姜妍來說，沒什麼感覺。

「莎莉，請妳理智一點，他今天的行程怎樣我不知道，而且我從來沒有阻止過他看孩子。」

「省省吧，妳知道嗎？妳是個很會騙人的女人，表面上柔柔弱弱的，其實骨子裡一大堆壞主意！妳的心機好重啊！」

「莎莉，我很抱歉給妳這樣的印象，可是你們的婚姻問題不是我造成的！」

「很抱歉？妳終於跟我說抱歉了！妳知道妳不對了是不是？我們的婚姻是有問題，可是他也不能這麼快又找到別人啊！況且又是妳！你們早就認識了！誰知道你們沒有背著我怎樣！志傑都跟我說了，他說他看了妳的文章，妳老早就開始在勾引我老公了！」

「我想妳一直都不信任他，這是妳的損失。如果妳跟志傑談過，他應該最清楚，我不知道他是怎麼跟妳說的？我們並沒有背著妳怎樣，這一切都是你們分居後開始的！」姜妍結結巴巴地解釋，英文實在不是她的語言。

「是啊，好巧喔！妳真是厲害，很會勾引男人嘛！妳很自豪對不對？現在妳可成了道道地地的美國人了！可以變公民了！真是×！妳稱心如意了嗎？」

「莎莉，我不需要聽妳講這些難聽的話，如果妳繼續下去，我要掛電話了。」

「是啊，妳只想等他來×妳！妳是什麼樣的母親啊？在孩子在的時候，帶男人回家睡覺！」

很好，她成了第三者了！姜妍氣得掛掉電話！星期五！一個好好的週末，就這樣開始？或是說，就這樣結束了嗎？丹尼爾呢？到底是怎麼回事？志傑為什麼會跟莎莉談？想怎樣呢？挽回嗎？還是要脅什麼？丹尼爾呢？他說要去看孩子的啊，還沒到嗎？不要出什麼事才好。

姜妍打開電視，平常聽英文累，總是懶得看電視，也不知道有什麼頻道，從一按到一百，再降回去，看看學做菜的吧……或是室內裝潢好了……再不，旅遊頻道吧……手機又響了！姜妍跳起來，找了半天，剛剛丟到報堆裡了！

「姜，是我。」丹尼爾用中文跟她說話，表示旁邊有人。

「喔，你還好嗎？在哪裡？怎麼回事？」姜妍抓著電話問個不停。

「等一下我帶強恩去妳那，然後再來我的公寓。」

「你知道莎莉打電話來嗎？」

「我不知道，不過，等我到家再說吧！」

「好。」

到底怎麼了？為什麼要帶強恩來？又再一起去他的公寓？跟他的孩子要做什麼呢？說什麼呢？不彆扭嗎？或者什麼都不用說也不用做，見機行事好了！丹尼爾一定也很煩，他會安排好的，他不是一向都不要她擔心嗎？對啊，姜妍想，擔心也沒用。

姜妍隨便熱了剩飯吃，然後在廚房、客廳，漫無目的地晃著，電視頻道換來換去，按得手都瘦了，才想起來要稍微整理一下房子。報紙丟掉，桌子擦乾淨，椅子擺好，再來呢？這個兩房一廳的公寓，小得一眼就看完了，況且許多箱子也沒開封，屋子裡沒什麼東西。喔，照一下鏡子吧！理理頭髮，戴上隱形眼鏡，擦護脣膏、乳液……

一出洗手間，正好聽到鑰匙聲，姜妍跑過去開門，丹尼爾進來，後面跟著強恩，姜妍跟強恩笑了一下，強恩低著頭進客廳，丹尼爾走到廚房，姜妍問丹尼爾要不要喝什麼？丹尼爾要了瓶可樂，問強恩要不要？強恩不要，他們打開電視，丹尼爾跟兒子介紹姜妍新接上的數位頻道，父子倆按著能快速變換的上百頻道。姜妍在他們身後站了一會兒，不知道要做什麼？可以乾脆進房間嗎？可是這是她家吧？不需要躲人！她轉身，在書架上抽了本書，縮進後面的藤椅。

半晌，丹尼爾提議去他的公寓休息。大家上車，姜妍坐後座，把前座留給他兒子。一路上，丹尼爾都跟兒子聊天，偶而才回頭問問姜妍好不好？用中文，姜妍總是一愣，沒反應過來，傻在那，遲遲地用中文回答還好，只是頭昏。

到了丹尼爾的公寓，氣氛一樣詭異，父子倆在電視前玩電動，姜妍看書。丹尼爾偶爾試著緩和氣氛，轉頭跟姜妍解釋電玩規則，說自己多笨，老頭了，比不過兒子。姜妍小心地走到丹尼爾身旁，她知道不能在他兒子面前坐在丹尼爾身邊，所以還是站著，可是也不能太冷淡，於是多少問些遊戲規則，有點參與感，只是，好晚了，她想睡了，好不容易鼓起勇氣小聲說：「我先去睡了。」

「沒問題，妳去。」丹尼爾說。強恩這才第一次抬頭看她，沒有喜怒。姜妍管不著了，點頭禮貌笑了一下，進去房間。

空調的房間裡沒風，空氣靜止地讓人窒息。

到底是怎麼回事呢？莎莉怎麼會知道她寫文章的事？志傑怎麼會跟她連絡？誰先打給誰呢？現在想怎樣？再談判嗎？還是，多一點談判的籌碼？她不喜歡今天的丹尼爾，這個讓她沒有位子的父親。

5

星期五下午，志傑把孩子接走以後，姜妍先去丟垃圾，再到樓下的信箱拿信，這樣就可以整天不必再出門，把外面的世界隔絕出去。

信箱裡有個包裹，沒署名，姜妍上樓，很開心地打開包裹，誰送東西給她呢？可是才一拉出東西，姜妍的臉就沉下來，她不可置信地放回去，包裹的英文字很漂亮秀氣，是女生的筆跡，是莎莉！姜妍努力克制自己的情緒，找件事做吧！她走到廚房，戴上手套，把水開到最大。眼前的白牆上，黃黃的油漬結成一球球的，成千上百、細細小小地爬滿牆壁，真是讓人噁心的破舊公寓！廚房水柱的水嘩嘩地打著，打得姜妍的手指痛起來……

姜妍放下洗了一半的碗，關掉水，兩手邊甩水邊往身上擦，右手腕上的翠綠玉鍊滑到腕底，是丹尼爾聖誕節送她的，六小段翠玉由「福祿壽安康寧」六個鏤金字串起來，可是姜妍的手太細小了，不得不拿掉一段，當時想也沒想，就把最後的「寧」字取掉，後來的日子果真變得不太寧靜。

她走回桌前，看著剛剛的包裹。包裹的封口，露出方才沒塞好的塑膠袋，好像在跟她示威。那是四年前聖誕節，姜妍送丹尼爾的蛋殼畫，和一些聖誕掛飾，還有送他兒子的手錶……可是蛋碎了，沒有加安全泡棉，就放在一個塑膠袋裡，然後放進郵局的小包裹盒。是故意的嗎？還是郵局的盒子太單薄，壓壞了？可是很碎很碎……如果莎莉要把東西還她，為什麼不直接給丹尼爾？他們每個禮拜都碰面啊！

姜妍討厭想這些事，她拿起抹布，用力刷起牆壁，黃油漬黏上抹布，把抹布變成黃色，又臭又黏。

「如果莎莉不簽，你就離不了婚嗎？那你們之前簽的是什麼呢？」幾天前她問丹尼爾。

「我們之前簽的是分居後的財產分配同意書，如果莎莉一直不簽，兩年後離婚還是自動生效。」

好，這可把姜妍變成了道地的破壞婚姻者！人家的太太不願離婚！她得等兩年！姜妍掀開垃圾桶，把抹布丟進垃圾桶裡。

垃圾桶隨即竄出的腐敗味，令她一陣噁心，跑到廁所去吐了起來！她摸摸自己的額頭，好像發燒了，昏昏沉沉地就著洗臉台洗了一把臉，抬頭看到鏡子裡蒼白的自己，好像一下子老了幾歲，這一切到底是怎麼了？怎麼讓自己走到這步田地？她只覺得背後有什麼推著她走，每一步都不容思考，好像早就安排好似地，自己並沒有自主權。她其實也不後悔，從來都不。只是身邊懂她的人不多，每個人都像在躲著她，男性朋友像是被太太警告過，不敢接她的電話，她成了惑人妖精；女性朋友說是她先壞的，莎莉是在報復。

「我？我先壞的？」

「沒錯，因為妳現在和她的先生在一起，他們還沒正式離婚，只是分居，你們是在鬧婚外情嘛！妳懂嗎？」

「姜妍，不是我說妳，上次一直勸妳再試試，你們的婚姻還有希望，可是妳不聽，一下子說搬就搬，志傑為什麼要給妳錢？他沒要妳搬出去啊！再說，如果妳決定要離開志傑跟丹尼爾住，是丹尼爾有責任要負責妳和小孩的生活費，為什麼要志傑付錢？說難聽一點，像是幫人養老婆！」

姜妍閉起眼，這些天來，一些被認定為不堪的字眼，全跟她扯上關係了！第三者、婚外情、戴綠帽、紅杏出牆，還有通姦！

她想起前一陣子，朋友借她看一部片子，講一個有男友的女孩，因工作關係愛上一個外地男孩，兩人契合到常常說出相同的話，互許終生。可是後來，因為男友細心照顧遭車禍又父喪的自己，和外地男孩已失聯許久，而忍心割捨愛情。姜妍看到片尾女孩的決定，非常震驚！為什麼要嫁給一個自己不愛的人呢？這樣對真正愛的人、所嫁的人和自己，都不公平，尤其是自己以外不知情的兩方！可是朋友卻說，那是個成全大局的決定，對大家都好。

生命總是自己的吧？姜妍不便和朋友在個人取捨上爭執。事實上，世上多數人都會做所謂成全大局的抉擇，也許是為了怕傷一方的心，也許是為了外界的壓力，也許是為了所謂大局，姜妍知道，可是，做了不同抉擇的人，就犯了罪嗎？婚姻如果走不下去了，還應該為了大局，勉強繼續嗎？已經結束的婚姻，一定得像守寡一樣，才能再找合適的、從來不認識的人，以示清白？否則就是破壞別人的婚姻嗎？

她原本也不在意，是不是第三者都無所謂！她不必再取悅眾人，只要家人、孩子、還有丹尼爾愛她，她都不在意。朋友像是火車上的過客，每一站有每一站的朋友，下車了就是下車了，個人有個人的路要趕，強留不得。只是，怎麼這一站，一下子全走光了呢？四周靜得只聽到蟬鳴。姜妍兩手開始抖起來，眼淚順著臉頰滑下，怎麼擦也擦不完，她終於捂著嘴，痛哭失聲！

外面下雪了！一點一點把已經鏟掉的雪再填起來，天空灰白一片，從前，姜妍總得早早就開始鏟雪，不要讓雪積太高，不然就會太重鏟不動，甚至會結冰。鏟雪變成責任以後，愛情也開始結冰。

她垂頭喪氣地坐進藤椅，腳盤不小心被藤椅腳刮了一下，泛白的擦痕起了毛邊，滲出點點血珠。公寓裡就兩張搬家後分到的白色藤椅，為了節省開銷，除了和志傑分到的舊家具以外，姜妍都沒添購新的。那藤椅腳下裝了兩根半弧形桿子，就成了搖椅，可是弧形桿子尖尖的，姜妍老是一不小心就被刮得傷痕累累，只好用包易碎品的氣泡塑膠紙包起來，盼盼說，媽媽給藤椅包了尿布。

過去的日子，如果能縫縫補補，將就著，不也就過了大半輩子了嗎？可是，生活，如果只是一只包得密密的尿布呢？

姜妍突然想起那方匾額，匾額顯然是要褒揚一位老太太，是當官的侄兒送的。可是，褒揚什麼呢？為什麼是姪兒送的？老太太沒自己的親人嗎？難道……難道守寡就是所謂的顧全大局？她快樂嗎？她曾經放棄過自己的愛情嗎？

※

摯愛的顏，我的小姜：

我到美國了，船上顛簸至今，已然過了數月，妳還好嗎？那天妳沒來，船夫說，妳其實來過了，捎了信給我，並要他快點開船，我想妳或許另有打算，我會等妳，給妳時間慢慢想清楚。我知道妳是愛我的，終有一天，妳會來跟我會合，對不？要記得我住的地方叫馬里蘭，地址在信封上，帶著信來就不會錯了，我等妳。謝謝妳給我的一切，我一想到妳就很滿足。寄上我在美國住的小屋照片，我這養了一些羊，因著妳說過喜歡羊。我天天跟她們說話，說中文喔！所以來日等妳來的時候，她們也會聽得懂妳說的話，看到她們像是看到妳一樣，她們都是我的顏、我的小姜，我極度想念妳，盼妳快快決定過來。

愛妳的查爾斯

※

摯愛的顏，我的小姜：

倏忽又到聖誕節了，我寄予妳的藍石頸鍊收到了嗎？妳戴起來定是好看，寄張照片給我，行嗎？英國和中國打得如何了？沒動著內地吧？佐仁還挺好的嗎？但望大夥兒一切都好，我極度想念妳。

想妳的查爾斯

※

摯愛的顏，我的小姜：

生日快樂！前些時寄了個音樂盒給妳，妳收到了嗎？一個銀盒子，上面刻了妳的名字，打開它以後，蓋子內面有個轉鈕，把它轉緊就會有音樂出來，妳還喜歡不？但願妳聽到這曲子，就聽到我在妳耳邊輕輕說愛妳。注意到盒上的小花嗎？那乃是一種紫色的小花兒，英文名字叫Forget-me-not。

愛妳的查爾斯

※

摯愛的顏，我的小姜：

我託人特地依妳的手形，做了個戒指給妳，義大利的馬賽克圖樣，上頭有好多妳喜歡的花，紅玫瑰、藍色勿忘我、紫色牽牛花、黃色瑪格麗特菊，很是特別！希望妳能喜歡。當然，是趕在妳生日前寄給妳的，祝妳生日快樂，永遠快樂！

愛妳的查爾斯

※

摯愛的顏，我的小姜：

好久沒連絡了，我父母親不幸在去年辭世，我們兄弟姊妹們都盡了力，可還是沒法挽救，幸而我們最後一刻都在他們身旁。唉，世事難料，人生苦短！我像是在這兩年間老了好多，妳好嗎？好些時沒妳的消息了，我很想見見妳，至少在我臨終的時候，但望能握著妳的手，枕在妳胸前死去……真想再見妳一面。

愛妳的查爾斯

※

摯愛的顏，我的小姜：

我前些天在夢裡見著妳了，妳穿著那身藍衣向我走來，看我一眼又低下頭去，妳還是那麼的怕羞！我撫摸妳的酒窩，親吻妳小巧的耳朵，妳給我看我送妳的戒指，藍藍的發著暗光，我也見著妳戴了我上船前送的銀簪，妳說妳一直就戴著。我再要吻妳，就醒來了！天旋地轉地，竟發現自己是發熱了！往後接連昏睡了幾天，可妳沒有再來，我好生失望，妳還是愛著我嗎？

愛妳的查爾斯

※

在公寓住了八個月，姜妍終於要搬家了！她和丹尼爾在鄰近偏僻的小鎮買了棟一百六十年的老房子，一八五四年建的，丹尼爾說，沒辦法，年紀大咯！喜歡老的、有歷史的東西。新的生活、新的心情，在老舊的房子裡重新開始，雖然彼此都需要適應，但是丟掉了舊的人際關係後，反而異常輕鬆。

6

會買老房子的人，大半是因為喜歡歷史給人的深度感，是沒故事的新房子所不能比的，姜妍和丹尼爾正好有此相同的喜好，他們的百年古宅所在的小社區，在二零零三年被馬里蘭州政府列為古蹟區，文件上說，社區內的房子還維持十九世紀早期民宅的樣子，當時靠著位居聯繫賓州、有安提河流經的交通之便，而形成馬車、打鐵、裁縫、製鞋、織布等工藝聚集的小繁榮商圈，小鎮房子多是聯邦式或維多利亞式磚牆的木構屋：五到六扇窗的長條建築、門窗上有直立形的士兵磚、屋簷下有齒狀裝飾、房子地基是石造地基、外面有個地窖、靠外凸式石造煙囪或是內建式磚造煙囪取暖、舖著大石灰板的人行道、巷道間有堆疊成尖齒狀，內戰時的垛口石牆……街道林蔭蓊鬱，巨木蒼莪間，彷彿置身內戰時期。

姜妍想，這麼老的房子，還是古蹟，網路上應該有照片或一些資料吧？丹尼爾不是說這房子還上過報、有記者出書介紹過嗎？果然，她很輕易地就找到幾筆資料，不過有點奇怪，都是專門給人放鬼屋消息的網站！有人繪聲繪影說，在大門拍過古早年代的人，坐在屋主的車子裡；還有人說，聽見地下室有奇怪的聲響……姜妍好不容易等到丹尼爾下班，趕緊問他。

「應該不會吧？那附近是有一棟廢棄的學校被用來當每年萬聖節的鬼屋，很有名的！網路上說的可能是那間學校。」

幾個月過去，姜妍漸漸忘了這件事，沒想到卻在女兒學校碰見同學的媽媽問：「妳們剛搬來，喜歡那房子嗎？有沒有看見過鬼啊？」

「什麼鬼？有鬼嗎？在哪裡？」

「妳不知道啊？這裡大家都知道，前兩任屋主漢思太太，她在那棟房子住了二十多年，她說的。」

「說什麼？」

「嗯，怎麼沒人跟妳說呢？其實也沒什麼，漢思太太人很好，幫教會彈鋼琴，常常邀大家去她家聚餐，我還記得妳們的飯廳很大，樓上樓下各有一個廚房……」同學媽媽看著姜妍慘白的臉，笑著繼續：「別害怕啦，是有人保佑妳們啦！有一天，漢思太太給我們看一張照片，是她先生的古董車，停在門口，上面坐了一個大概上世紀的人，戴了一頂帽子，可是拍的時候上面沒人！」

姜妍張大嘴，同學媽媽繼續說：「漢思太太常說，她老覺得屋子裡有人在看她！就是覺得屋子裡還有別人，不過，她說是很友善的感覺，不可怕的！」

帶兩個女兒回家後，姜妍開始有意無意轉頭，感覺真的有人站在她後面吹氣！等孩子們睡了，姜妍窩進丹尼爾懷裡看電視，「今天女兒同學的媽媽說我們家是鬼屋！」

丹尼爾抱緊她，在她耳邊說：「其實，我也老覺得屋子裡有別人！但是，是很友善的感覺，不可怕的……」

「你怎麼說的跟漢思太太一樣？」姜妍轉頭：「而且，怎麼從來都沒跟我說？」

「我看妳好好的，怕妳會亂想。」

「在哪裡啊？」

「都有吧！所以我才想趕快把那匾額桌做好，來個中西大對抗！哈，開玩笑的啦！」

姜妍有些遲疑：「其實，我也覺得有人！但是又覺得是個老朋友，而且，好像跟你有關……欸，不過，絕對不能跟我兩個女兒說，她們會嚇到！」

「妳有沒有覺得我們的緣分是從那個『Sign』開始的？然後又剛好都喜歡這房子！房子還剛好跟匾額同年代，也許是匾額裡的中國老太太牽的線呢？妳不是買了那個很漂亮的馬賽克戒指嗎？哪有西方女生的手指跟妳一樣那麼細呢？搞不好是匾額老太太的……It's a sign!」

人的適應力很強，過了幾天風吹草動的日子以後，一切又歸於平靜，丹尼爾真的開始敲敲打打修房子了。星座上總說，巨蟹座的人喜歡待在家裡，把家裡裝潢地像皇宮一樣。這個說法放在丹尼爾身上，真是最恰當不過！他確實是個很居家型的男人，下班以後如果還有體力，就會在家裡修修補補。自從買了這棟古蹟，開始動工以後，電鑽聲就取代了琴音，丹尼爾那雙原本彈琴的手，現在只拿榔頭和起子。

他把家裡四個馬桶換新，所有房間全部重新粉刷，廚房從暗色木頭櫥櫃換成白色，重釘木質地板，家電全換，還裝了許多高低不等的吊燈。

「終於可以釘匾額桌啦！妳看看這樣的設計喜歡嗎？很有中國特色吧？」

丹尼爾給姜妍看他畫的草圖：小小一方便條紙上是桌腳的樣子，一個「共」形的設計。

「好漂亮喔！你真聰明！」

「那當然啦！而且不難做，我打算做個框把匾額放進去，然後訂做一個玻璃當桌面。全白的廚房只會有這個桌子是深色木，我們再去那家古董店找相配的椅子……」

姜妍忍不住轉頭吻了一下丹尼爾，丹尼爾輕輕地撥開姜妍的長髮，開始吻著她的頸，頰，然後把她轉了個圈，讓她跨坐上來，捧起她的臉，激情地吻著：「妳愛我嗎？」

「傻子，我當然愛你！永遠愛你！」

丹尼爾左手圈緊姜妍，右手拉開抽屜，拿出一個乳白色的絨盒，「喜歡嗎？」一顆單鑽嵌在四爪黃金戒環上！「好美喔！」

7

白牆黑木門外，有兩個黑色鑄鐵花盆，盆內種著扁柏，旁邊幾個長形盆栽，四季盈滿不同的花開花謝。臨街的窗飄著白紗窗簾，冬天的晚上，可以看見裡面殷紅客廳內，透著壁爐的火，陣陣的白煙從煙囪竄出，急著要融掉屋頂上的雪。

客廳流瀉著悠美的琴音，丹尼爾正在彈琴。姜妍拿著鐵夾撥爐火，爐火從藍到黃，再慢慢變小，燒完的柴火被撥落架子，冒出火星，空出位子讓空氣竄進去，又重新冒出火舌來。鐵架子下，積著一層燒落下來、紅透的小炭塊，晶瑩透亮地，像遠方的萬家燈火。壁爐前有棵道格拉斯聖誕樹，整個客廳因此瀰漫著松香，熱氣把香味燻得更濃。

壁爐上擺著姜妍和丹尼爾兩年來從各地旅遊帶回的紀念品：西班牙的舞孃、荷蘭的木娃、俄羅斯的畫瓷煙灰缸、法國的織布、美國內戰的子彈和台灣的玫瑰石。壁爐斜對面擺著一個中國的嫁箱，進飯廳的牆上，架著一幅木頭門框，由五塊雕著武打場面的木板組成，漆著金紅兩色，聽說是中國以前的木頭床架。

整個房子充滿了兩人的足跡，像一部自我書寫的歷史。

飯廳還保留著老舊乳白色的絨布壁紙，天花板上的純銅燈飾點著九支蠟燭，照著正下方的黑木餐桌，特別的顯眼！是了，那就是兩人相識時看到的中國匾額，這幾年來，見過的客人都對這方匾額印象深刻，可是也沒人知道匾額的含意和來歷，隨著時光流逝，姜妍和丹尼爾都不在意了，他們只覺得那像是他們的老朋友，一個不忍離他們而去的老友，給人一種尋到彼此的感動……

陽光偏斜，照上大青瓷瓶，姜妍起身，耳旁四葉醡漿草耳環隨之晃動，她瞥見窗外冬青樹豔紅的果子，心情倏忽溫柔起來，轉身在鋼琴旁的高背椅坐下。

柔黃的晨曦投射在匾額桌上，成了細細小小的光點跳躍著，兩人似有所覺地轉頭……

※

多年以前，一個頭髮花白、瘦小的老婦坐在床沿，一張對她來說稍嫌大的雕木大床，大紅絲綢帳子已然褪色。姪兒佐仁告知，朝廷欲須牌坊給她，作為守寡三十年的代價，女人至高榮譽的象徵！她給張家帶來莫大的殊榮，雖則她不是大太太，可因為這牌坊，族譜上會有她的名！她的責任終於完了，終能滿足周遭人對她的期盼！

她朝梳妝鏡走去，摘下銀簪、耳墜，打開桌上的音樂盒，她極欲聽聽查爾斯的聲音。抽屜裡放置一疊查爾斯捎與她的信箋，她依舊一封封拿出來重新讀過，每個清晨黃昏她都要讀。查爾斯仍是常常捎信來，說羊媽媽生小羊了，巧顏為他高興。捎來的照片上，廣大無邊的農場，滿滿的一大群羊！她反倒孤單一人，什麼都沒了。屜子裡，有另一疊巧顏寫與查爾斯的信箋，只不過都沒戳記，從來不曾寄出過。

屋子裡如常的冷清，只有偶爾會有陽光進進出出，她瞧著桌上這些對她唯一重要的什物，饒是她走了，這些東西該怎麼著呢？牌坊匾額，是犧牲夢想和愛情換得的，到頭來，自己倒是得到了什麼？現今，連今生對她最重要的這些信物，她都沒能保存，她要託付誰呢？誰會保存她的東西？誰呢？她在桌前坐了一下午……

陽光偏斜，巧顏起身，拖出一個木頭箱子，當年婚嫁時，裝一些便衣用的，因為窮，還給下人笑話：「就那一只破箱子啊！」巧顏用絹子揩揩木箱上的灰塵，掀開箱子，把那一疊未曾寄出的信箋和查爾斯捎來的信、送的銀簪、耳墜、戒指、音樂盒，還有聖路易斯馬鐘放進去。她拿出白紙，握著墨條一圈圈磨著墨，她想查爾斯，淚水滴到墨汁裡，被磨盡了，放下墨條，查爾斯的笑顏在她眼前浮現，映上硯台，她拿起筆，在查爾斯臉上沾著墨，鋪好紙，查爾斯的臉又跟上紙來，她順著查爾斯尖挺的鼻樑、深邃的眼眸，一路畫到他薄薄的唇、凸出的下顎，在查爾斯臉上寫著：

摯愛的查爾斯：

我是顏，你的小姜，我終究有勇氣把這封信寄出去了，我愛你，我一直在思念你，就如你在信中思念我一般，我知道沒捎與你隻字片語，你定且失望，謝謝你仍不斷捎信來，我想你是知曉我的，你定不會怪我，對不？反倒是我自己，其實日日在悔恨中度過，可惜我竟是沒勇氣走。

或許這方是最好的結局，你回到你生長的國家，我留在不會受指責的地方，許我們來生再聚吧！我愛你且深，願上蒼再贈與我們一次機緣，我再不要失去你了！

別驚訝我將你贈我的東西都還你，並非我不欲保留，實是因著我留不住它們，我將離去，我自己知曉，我可以感覺到生命於我體內一天天流失，可它們不能沒有家，我不放心它們。你有一個可愛的家庭，我深信它們可以在你那找到棲身之處。這些年來，我常常責備自己的懦弱，可我沒法子，我多麼希望上蒼見著我如此痛苦，會在下輩子補足我這方面的缺憾。

深深抱歉我沒勇氣去尋你，我知曉定是使你非常失望，你還依然愛我嗎？但望這些東西能讓你想起我，正如我看見它們就憶起你一般，有你伴著它們，我就安心了。下輩子，請你等等我，我會到你說的馬里蘭，我相信，當我們看見這些信物，會想起彼此的約定。查爾斯，我永遠愛你，你知道的。

小姜

夕陽悄悄離去，巧顏放下布幔，躺下，轉過身，涼涼的絲綢貼著臉頰，她找到帳底鬆線的雲紋，鬆脫的線撓著她的鼻尖，癢癢的，她想查爾斯！她想去看看他！只是，好累，她走不動了！淚水盛滿了眼眶，滿到鼻間酸酸地痛起來，她只好閉起眼，輕輕睡去……

多年以後，夢裡的巧顏涉水過河，來到了查爾斯信中的馬里蘭，來到他的農場。農場中的白房子讓她憶起了曾和查爾斯去過的宴會，她探身窗邊，熟悉的鋼琴彈奏讓巧顏繞著屋子，來到前廳，她看到查爾斯正在彈琴！而自己？不正坐在查爾斯身邊的高背椅上嗎？只是，沒梳髮髻了，剪短了髮披在肩頭……手上戴著那個綴滿小花的馬賽克戒指，耳上有酢漿草墜子……巧顏恍惚起來，往後倒退了幾步！撞到了身後的桌子！自己幾時進屋來了？她扶著桌角坐下……漆黑的長方木桌上刻著「敬姜貽風」，怎麼是……？巧顏偏頭看到右上角上自己的名字……這是來生嗎？她來到了來生！見著了她朝思暮想的查爾斯？

窗外，紫色的朝顏一如她舊時的廳前，開滿了藤架，她撫摸著桌上查爾斯叫她的小名「姜」，看著查爾斯專注於黑白琴鍵上的清音，旁邊牆上是自己舊時的雕木床架，她憶起查爾斯離開前一晚的溫柔，飛瀑長髮傾瀉而下時，查爾斯的眼神……巧顏款款走近他身邊，用顫抖的指尖觸碰查爾斯的眉梢、眼簾、鼻尖，淚滴像斷線的珍珠般滾落臉頰，丹尼爾似有所覺地抬頭看她，巧顏對他做最後的凝注……然後，一轉身，走進深深的刻痕裡去了！

後記　因為盼望，所以等待

因為盼望，所以等待

這其實是我的第一部長篇小說，十三年前寫的，起因是一個網路小說獎。

「試看看啊！」他說。

「可是我從沒寫超過一萬字的小說！」

「妳可以的，要對自己有信心。」

「你又看不懂中文小說，怎麼知道我能寫？」

「我對妳有信心啊！」

我斜睨他一眼，這跟父母盲目寵信自己的孩子有啥不同呢？「你真會說話，那我寫什麼呢？」

「就寫『The Sign』吧，寫我們家那塊中國匾額。」

「我不會編故事啦，不像你們律師很會瞎掰，我只能寫記敘文。」

「瞎掰多簡單啊，隨便胡謅沒人知道哪裡寫錯啊！」

於是，他幫我構思、上網找鴉片戰爭的史實，還印出道光和咸豐的畫像，編出這篇跨越清朝到現代、東方到西方的歷史愛情小說。他幫我寫英文簡介、幫我寫英文作者簡歷，取英文書名，甚至，想幫我在亞馬遜平台上推書，想幫我找記者開推書會……他說，這也是他的小說，我得為他賺一台賓士的錢！

我從來不覺得自己有什麼特長，有什麼特別出眾的地方，是個沒臉孔的人。

他說，「我得想辦法教育妳。」

讚美，有一種神奇的魔力，它會讓你漸漸以為是真的，那些外在的形容詞，不管真假，或者說，無關真假，說實在的，不過就是主觀的認定，是好是壞充其量也只是個人觀感。他以無數的讚美肯定我，最後真的讓我花了十多年修修改改，寫完了這部十萬字的小說。

寫得好嗎？我不確定。但是他喜歡逢人便介紹我是作家，是出過書的作者，他說，我是他的獎盃。

我終究沒得過什麼大獎，有的，只是一些零星的入圍與入選肯定；更遺憾的是，以他為主角的律師故事「Words at War，一個律師的文字戰場」，拖到他走了才問世，雖然很榮幸地入選文化部主辦的「106年改編劇本書推薦」，但是，他卻沒能和我一起翻開第一頁。

生命最可貴的是什麼？在人生的盡頭，會讓你眷戀的是哪個時刻？哪一塊缺角會讓你遺憾？我總是在需要答案的時候求助於他。

我記得那次，大女兒從學校放假回來，說她們的圖書館正在特價賣書，一本美金一元，她買了十本。幾天後他看完女兒的書，抽了其中一本紅皮的薄書說，「這本不錯，妳可以看看。」

書名是「The Five People You Meet in Heaven」我皺了一下眉，「這？天堂？有點……好像宗教味很濃耶，我不愛說教的書。」其實想說的是，有點觸霉頭。

「不會喔，妳會喜歡。」女兒和他同聲回答。

我微笑接過，聳聳肩，放上書架。

那是三年前了吧？直到他走了，整理房間時看著滿牆他的書，突然想起那本他覺得我會喜歡的書，為什麼他覺得我會喜歡？是可以回答我的疑問嗎？即使我不喜歡，至少在看書的過程中，也許可以經歷他體會過的心境？像是有他在我身邊陪伴？這是多麼讓人懷念的回憶啊！於是，我翻開書。

「五個你在天堂會看見的人」，第四位是主角早逝的太太，男角很激動地說：「妳太早走了，讓我失去一切！」

「你雖然失去了所愛，可是你知道嗎？回憶會變成你的伴侶。生命終有盡頭，可是『愛』，永不止息。」

當時候到了，必須往前跟天堂的下一位使者見面時，我跟著書中的男角一同流淚：

「可是我不要離開妳，我不要往下走！」

「沒有任何人生是白費的，唯獨花時間在怨嘆孤獨是最大的浪費。」

「天堂的存在，是讓人了解你的昨天是怎麼回事。」

是了，難怪他曾告訴我：「等我走了，我會想辦法告訴妳這世界到底是怎麼回事？」又說：「妳知道嗎？基督教不相信有前世和來生。」

我看著他，忍不住激動的情緒，淚水從臉龐滑下，像是想要跟死神至少做點商量：「那？我們以後怎麼再相逢？」

「噓⋯噓⋯噓⋯」他把我擁進懷裡，在我耳邊說，「我們都沒信仰，但是如果天堂願意收我的話，我會在那裡等妳，我必須先走才能等妳啊，不然妳這麼會迷路⋯⋯」

十多年前無意中編造的故事，編造一段女角要男角等她相逢的約定，想不到竟落在自己身上！「等我，在馬里蘭」是一個多麼心痛的請求！

在如此未知的世界裡，假若有來生，請求上蒼讓我們下回的緣分能長一點吧，請求彼此能記得那些共同擁有過的信物，想起曾經說過的誓言；如果沒有來生，期待他會在身後的世界裡等我，給我那熟悉又溫暖的凝視與擁抱，告訴我，這世界到底是怎麼回事？

生命於我，是一種存在的形式，在這世上，我曾經被這樣愛過，那是一種最欣喜的存在；是的，生命之所以美好，應該是那種曾經被注視過的存在，有人看見你的內心，把你放在心裡，是那種無法取代的凝視，讓你我的生命無憾，繼續心存盼望，期待下一場時空的約定。

回憶，真的變成我最好的伴侶了；僅以此部小說，紀念今生這場美麗的際遇。

BOD Books on Demand
語言文學類　PG1880　SHOW小說31

The Sign，等我，在馬里蘭

作　　者 / 徐亦江
責任編輯 / 辛秉學
圖文排版 / 周妤靜
封面設計 / 蔡瑋筠

發 行 人 / 宋政坤
法律顧問 / 毛國樑　律師
出版發行 / 秀威資訊科技股份有限公司
114台北市內湖區瑞光路76巷65號1樓
電話：+886-2-2796-3638　傳真：+886-2-2796-1377
http://www.showwe.com.tw
劃撥帳號 / 19563868　戶名：秀威資訊科技股份有限公司
讀者服務信箱：service@showwe.com.tw
展售門市 / 國家書店（松江門市）
104台北市中山區松江路209號1樓
電話：+886-2-2518-0207　傳真：+886-2-2518-0778
網路訂購 / 秀威網路書店：http://store.showwe.tw
國家網路書店：http://www.govbooks.com.tw

2018年2月　BOD一版
定價：340元

國家圖書館出版品預行編目

The Sign,等我,在馬里蘭 / 徐亦江著. -- 一版.
-- 臺北市 : 秀威資訊科技, 2018.02
面 ;　公分. -- (SHOW小說 ; 31)
BOD版
ISBN 978-986-326-522-1(平裝)

857.7　　　　106025435

讀者回函卡

感謝您購買本書，為提升服務品質，請填妥以下資料，將讀者回函卡直接寄回或傳真本公司，收到您的寶貴意見後，我們會收藏記錄及檢討，謝謝！如您需要了解本公司最新出版書目、購書優惠或企劃活動，歡迎您上網查詢或下載相關資料：http:// www.showwe.com.tw

您購買的書名：________________________________

出生日期：________年________月________日

學歷：□高中（含）以下　□大專　□研究所（含）以上

職業：□製造業　□金融業　□資訊業　□軍警　□傳播業　□自由業

□服務業　□公務員　□教職　□學生　□家管　□其它_____

購書地點：□網路書店　□實體書店　□書展　□郵購　□贈閱　□其他

您從何得知本書的消息？

□網路書店　□實體書店　□網路搜尋　□電子報　□書訊　□雜誌

□傳播媒體　□親友推薦　□網站推薦　□部落格　□其他__________

您對本書的評價：（請填代號　1.非常滿意　2.滿意　3.尚可　4.再改進）

封面設計____　版面編排____　內容____　文／譯筆____　價格____

讀完書後您覺得：

□很有收穫　□有收穫　□收穫不多　□沒收穫

對我們的建議：________________________________

____

____

____

請貼
郵票

11466
台北市內湖區瑞光路 76 巷 65 號 1 樓

秀威資訊科技股份有限公司 收

BOD 數位出版事業部

（請沿線對折寄回，謝謝！）

姓　　名：____________________ 年齡：________ 性別：□女　□男

郵遞區號：□□□□□

地　　址：____

聯絡電話：(日) ____________________ (夜) ____________________

E-mail：____